生きていてもいいかしら日記

北大路公子

○本表紙デザイン＋ロゴ＝川上成夫

生きていてもいいかしら日記　目次

じいさんの説教……11
乳の立場がない……14
パンツを下げた夜……17
人生を変えた偉人伝……20
「余力」が欲しい……23
体脂肪と時計の針……26
ろくでもない判断力……29
泥酔メールの謎……32
オバチャンは聞いた……35
物悲しい秋の一夜……38
キミコが結婚できない理由……41
とある一日の出来事……44
吠え犬と負け犬の大勝負……47

オバチャンを泣かせるな……50
圧力鍋と私の十五年戦争……53
私の心を奪った酒場たち❶
「経文酒場」……56
マッチ売りのキミコ……58
みっちゃんのこと……61
運命の人はいずこ？……64
押し入れのお婆さん……67
父という生き物……70
濡れ衣を着せた朝……73
引きこもりのつぶやき……76
社会に戻れない……79
リモコンを買いに……82
サトちゃんの取り扱い方……85
五十肩と言われて……88

中年カップル、ドームに行く……91
春がやって来た……94
ゲジゴンの正体……97

私の心を奪った酒場たち❷
「縄文酒場」……100

永遠とはかくなるもの……102
ノリコとキミコの冷戦……105
サイ問題、浮上……108
だから私はやってない……111
知っていますか「裏の人」……114
開け、頭の蓋……117
東京酔いどれ日記……120
ごめんねお父さん……123
人生の不思議……126
ある晴れた日に私は……129

皺だらけの神様……132
大量のあの人……135
そうよ私は四割減……138
時の流れに身をまかせたら……141
風邪引きの一日……144
かくして一日は過ぎ去る……147
私の心を奪った酒場たち❸
「ホテル炭火焼」……150
姉の正体教えましょう……152
もにゃもにゃの不思議……155
小人さんの贈り物……158
犬と私の夏の一日……161
夏の思い出 飲酒篇……164
勇気の正しい使い方……167
迫り来る猫の恐怖……170

キャラが立ちすぎる父……173
夜更けの鶏大根……176
心に響いた五つの言葉……179
寒空の四十五分……182
好奇心は身を滅ぼす……185
謎酒場の謎……188
朝はなんで眠いのよ……191
父と饅頭と血液と……194

あとがきに代えて
――キミコの正体、明かします……197
[北の酒場でインタビュー by 編集部]

あとがきという名の思い出話 210
解説 恩田 陸 216

挿絵……………………霜田あゆ美
ブックデザイン…………日下潤一＋狩野正博

生きていてもいいかしら日記

じいさんの説教

　昼間の回転寿司で一人楽しくビール飲んでたら、となりに座った見知らぬじいさんに説教された。原因は座右《ざゆう》の銘《めい》。「座右の銘は何ですか」と尋ねられたので「ありません」と答えたら、そのまま説教に移行したのだ。

　確かに私の初期対応もまずかった。最初に職業や年齢についてのさりげない身上調査があり、そのような場合、昔は「二十五歳、占い師でえす」とか答えていたのだが、さすがに今は無理だ（職業部門ではなく年齢部門が）。かといって、「主婦。旦那は地方公務員。子供は小学生の女子二名」と別人になりきった時には、あれは陽気に誘われて公園で缶ビール飲んでたんだが、んまあ！　主婦が午前中からビールとは！　と通りすがりのおばさんにネチネチ言われた。ならば真実を告げればいいかというと、「四十過ぎて独身で親と暮らして仕事はしてるようなしてないような。趣味昼酒。てへ」なんてあんた、相手の説教魂に火をつけるようなもんだ。でも、その日は言っちゃった。正直に。うまい設定が浮かばなかったから。すると、じいさんは、ビール飲んでる私の顔（スッピン。だって近所だから）から足の先（死んだばーちゃんの草履《ぞうり》がサンダル代わり。だって近所だから）までを眺め、そして静かに問うたのである。座右の銘は何であるか、と。

これは思うにあれだろう。既に座右の銘の問題じゃないだろう。明らかに、私の人生に対する覇気のなさを責めてるだろう。そういう人に、「えっと、座右の銘は『好奇心は身を滅ぼす』でえす」と正直に告げる勇気は私にはない。「男の道をそれるとも、女の道をそれるとも、踏み外せぬは人の道」とか言えばいいかもしれないが、それ言ってる私は私じゃないし。

結局、口をつぐんだ私は、「夢」「目標」「結婚」などがちりばめられたじいさんの人生訓を、黙って聞かされた。聞いてるうちに大変暗い気持ちになって、二十年位前、急行電車を降りた駅で立ち止まって電光ニュースを見ていたら、同じ車両に乗り合わせていたおっさんに「そんな時間があるなら各駅停車に乗れ！」といきなり怒られた時のことまで思い出した。記憶の蓋《ふた》を開け、どんどん落ち込む私。一方、励ましに入るじいさん。「君は悪い人じゃない」「はい」「頑張ればきっと幸せになれるよ」「はい」「勇気をもって」「ありがとうございます」って、お礼言ってる場合じゃないだろう。

いつかまたあのじいさんに会いたい。そして彼を黙らせる完全無欠の偽プロフィルを突きつけたい。それが今の私のささやかな目標。

……というような暮らしをしております、北大路公子です。はじめまして。好きなものは昼酒、苦手なものはキティ。キティの、自分の周りで何があろうと力ずくで正面向いてる頑なな姿勢と、丸いつぶらな瞳の奥深くに潜んでいるであろうどす黒い世界制覇の欲望（いや、知らないけど……）が怖いです。座右の銘は「好奇心は身を滅ぼす」。以後、どうぞよろしく。

もう一言　最近は独りで飲もうが何しようが、誰も説教してくれなくなりました。そろそろ説教する側に回って、好奇心の危険性を若者に説けということでしょうか。

乳の立場がない

この度、慎《つつし》みというものの奥深さに戦慄《せんりつ》する出来事があったので報告したい。

事の発端はいびきだ。私には自分自身に対して、「誰も気づいてはいないけれども、本当はカプセルホテルで殺人事件を誘発するほど超ド級のいびき持ちかもしれない」という不安がある。いや、日頃は意識していなかったが、どうやら心の奥底に潜んでいたらしい。その隠れていた不安が、十日ほどの入院生活（入院してたんです）で発覚したのだ。正確には手術時に。

病院生活自体は快適だった。なにしろごはんは作らなくていいし、三時のおやつはあるし、昼寝し放題だし、夜は九時に寝ていいし、耳に入る言葉は労《いたわ》りばっかだ

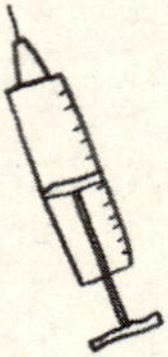

し、誰も何も私に要求しない。唯一要求されることといえば、看護師さんが「おしっこの回数教えてください」って、いや、そんなものでよければ向こう七年分お教えしましょうか毎日電話で、ってな話だ。もちろん手術も平気。「自分の腹なんだから自分で開けてちょうだいね」とか言われたら泣いて謝るけど、実際は眠ってる間に全部ほかの人がやってくれるので大丈夫。手術に備えて私がすることといったら、病衣に着替えてじっと待つだけだ。

ところがこの病衣がでかい。私は小ぶり感が強い（小柄というのとちょっと違う。特に体脂肪率が小柄の域ではない）体形なので、世の標準サイズはことごとくでかいわけだが、これも例外ではなかった。浴衣とバスローブを足したり引いたりしたような形で、襟《えり》ぐりは広く、脇の紐《ひも》が妙に余ったりしてとにかくぶかぶか。そのぶかぶかの病衣を着て、腕には点滴、尻には「麻酔を効きやすくするお薬」を射《う》たれつつ、じっと待つ。そのうちにうっとりと眠くなる。でもそれは「麻酔を効きやすくするお薬の作用」ですから「どうぞ遠慮なく眠ってくださいね」ということなので、もちろん遠慮なく眠る。大変心地よい。

で、私の記憶はここから定かではなくなるので、以降は一部始終を目撃していた妹の言葉を引用するわけだが、妹が血相かえて言うには、「お姉ちゃんさ、手術の時間になって起こされたら、突然ガッと目を見開いて、いきなり『あっ！　わたくし眠っておりましたか！　そうですか！　いびきかいておりましたか？　どうですか？　いびきはどうですか？』って看護師さんに詰め寄ってたよ。そんで詰め寄りながら歩いてストレッチャーに移動したんだけど、その時ぶかぶかの病衣の前がはだけて乳丸出しだったよ。しかも両乳。両乳丸出しで、いびきは？　いびきは？ってうわ言みたいに言ってたよ。いびきより乳だべ、と。今大事なのはいびきより乳だべ、と妹として強く思った次第ですが、その点いかがですか」

乳を顧《かえり》みずにいびきを心配する女。それがこの世に存在する事実（しかも自分）を思う時、慎みというものの奥深さについて私は戦慄せずにいられない。

パンツを下げた夜

　また腹を見せてしまった。友達と五人で酒飲んでる最中にそういうことになった。腹部に二カ月ほど前に手術した傷が十三センチほど（さっき測った）あって、それが酒を飲むとかゆくなる。かゆくなるがかいちゃいかんと思うので、じっと我慢する。我慢しているうちに「せめて、せめてこの子に新鮮な空気を」と、縁の下で出産した瀕死の母猫のような気持ちになるので、さりげなく傷口を露出し、風にあてる。ということを退院後繰り返しているうちに、人前で腹を見せることに何の抵抗もなくなった。

　今回も友達（四十二歳・男）のリクエストに応えて、腹を見せた。彼は過去何度か腹出し場面にも遭遇していたが、さすがに異性ということで、露出の瞬間は目を逸《そ》らしていたらしい。それが今回とうとう我慢できなくなったのか。とにかく見せろと言うので見せた。下腹部である。下腹部であるからして動作としては、Tシャツをめくりあげるという上方向ではなく、ジーンズ及び下着をずり下げる、という下方向の作業。傷跡全部見せようとすると、見せてはいけないところまで見せかねないというギリギリの場所である。

そこを露呈する。その日は座敷で客がほかに十人くらいはいた。彼らの目を気にしつつも立て膝になり、ベルトをはずし、ファスナーを下げ、さらにパンツも「見せても大丈夫なところ（って、既に大丈夫じゃないのか）」までずり下げる。その腹が美しければいいが、そろそろ「術後の腫《は》れ」という言い訳が通用しなくなる肉付きに、「傷に触れないので楽」という観点で愛用している股上《またがみ》が深い下着のゴム跡が走り、さらにこれは同世代の女性に訊《き》きたいのだが、何か三十代半ばあたりからお腹にシミが増えませんか？　日に焼けない場所なのにやたらシミが増えてビックリしているのだが、それが点々としている。今、書いててなんか死にたくなってきた。とにかくその腹をお見せすると、友人連中は「おー」とか言って一様に喜んで、次に何をするかというと携帯電話のカメラで写真を撮る。接写。接写してどうする。「熟女の恥ずかしい写真」とかいって売るのか。誰が買うのか。詐欺か。

……まあそのようなことを居酒屋で行ったわけだ。言いだしっぺの友達も満足し、次は自分の傷跡を披露しはじめる。彼の場合は腕だ。生娘のようなつるつるの腕に大きな傷が走り、その部分にぽよぽよと毛が生えている。そこだけ毛があるのは内股の皮膚を移植したためで、だからこれは腕に生えているけれども「本当は陰毛である」というのが彼の主張だ。その日も、「オレの腕には陰毛が生えてるの。腕だけど陰毛なの。触る？　陰毛触る？」などと大声で言って、周りの客を振り向かせていた。

　その陰毛連発男と、パンツずり下げ女。そしてそれを囲む接写の人々。家に帰ってから気づいたのだが、これではまるで私が陰毛出してるみたいではないか。よくぞ店を追い出されずにすんだと思う。ていうか、いっそ追い出してもらった方が懲《こ》りたのでよかったかと思う。

もう一言　現在、私の携帯には、この時の手術痕と、同じくお腹の手術をした友達二人の傷痕と、牛刀で刺されたこれまた友達の傷痕の画像が保存されております。マニア垂涎《すいぜん》の品。（イチ押しは牛刀痕）

人生を変えた偉人伝

近所の銀行の待合スペースに、児童書の「伝記シリーズ」が数冊置いてあって、あれが読みたくて仕方ない。いや、読んだって別にいいんだが、いかにも「こどもの本」という装丁が、なけなしの羞恥心《しゅうちしん》を刺激する。この間は『徳川家康』を手にした子供がいたので、横からじっと覗《のぞ》き込んだら、不穏な気配を感じたのか突然本をパタリと閉じた。なんでそんなことができるんだ。気にならないのか関ヶ原の決着が！　と思わず我を忘れて怒鳴りそうになった。それくらい読みたい。

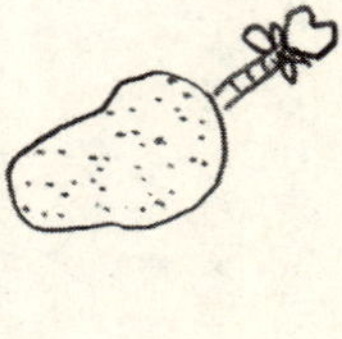

だって好きなの、偉人伝。幼い頃から好きで、おかげで「世の中には努力して頑張っている人がこんなにたくさんいるのだから、私はそれほど頑張らなくてもいい

や」という人生観を確立できた。これは今でもしっかり根付いていて、「世の中には働いている人がこんなにたくさんいるのだから、私はビール飲んでもいいや」と昼下がりの回転寿司で思うと心がぐっと楽になる。偉人のおかげだろう。

なかでも『キュリー夫人』に登場する「肉」は、私に多大な影響を与えた。彼女がまだ独身時代、困窮の中で研究生活を続けている最中に深刻な栄養失調に見舞われる。今にも死にそうなキュリー夫人（まだ夫人じゃないけど）。そこに一人の救世主（たぶん親戚）が現れ、彼女に「肉」をご馳走するのだ。すると、ああなんということでしょう！　瀕死だったキュリー夫人は一晩で覚醒剤打ったみたいに元気になり、すぐさま研究に復帰するのである。昭和四十年代当時、給食で鯨肉食べてた私の衝撃をお察しください。

「西洋人、どんだけすごい肉食ってんだ！」

以来、私の世界観は変わった。オリンピックで日本選手が負けても、「そうだ、あの夢の肉食ってるやつらにはかなわない」。角界に外国勢が台頭した時も、「やつら肉あるから」。モンゴル人力士は一見日本人と見分けがつかないが、「でもやっぱ外国人だもの肉あるだろう」。イチローや松井がメジャーリーグで活躍しても、「肉、手に入れたな」。全部「肉」で話は完結する。すっきりしてよろしい。

キュリー夫人の物語自体は大変地味である。寒くてひもじくて貧乏で、と陰鬱《いんうつ》な記述が延々と続いたあげく、最後に発見するのがラジウム。これが、「幾多の苦労を乗り越えて、マリー・キュリーは東京ディズニーランドを千葉の地に発見したのです」とかだったら、日本の小学生は大喜びだろうが、でも現実はラジウム。なんじゃそりゃ、と思わないだろうか。私は大人だけど思う。そもそもラジウムが何か説明できない。温泉関係者か何かか？

まあいいや。その地味な物語の中にあって、唯一輝く「夢の肉」エピソード。偉人伝が後世の人間に何らかの影響を与えることを目的の一つとしているなら、「肉」の存在によってのみそれは成功した。「肉」あってのキュリー夫人伝。今、ふと我に返ってなぜこんなに熱く語っているのか戸惑っているが、とにかくそれだけ偉人伝が好きなのだ。銀行にはぜひ「大人用」も備え付けてもらいたい。

もう一言　などと暢気《のんき》なことを書いていたというのに、まさか放射性物質がこんなに話題になる日がくるとは……。

「余力」が欲しい

猛烈に「お相撲さんになりたい」と思うことがある。中学生の時は違った。中学生の時は妖精になりたかった。去年の春、何かが私にとり憑《つ》いたのか、あるいは逆に憑き物が落ちたのか、とにかく尋常ならざる勢いで部屋の片付けをしたことがあって、その際に発掘された昔の日記に「妖精になりたい。妖精になって大好きな人の肩にそっととまりたい」と書いてあったから間違いない。あまりのことに、中腰のまま部屋を飛び出し涙目でシュレッダーを買いに走る私。いやほんと、あの日記を世界から抹殺しただけで私の後半生は意味があるものになったと思うが、とにかく今はお相撲さん。お相撲さんになって、余力に満ちた人生を送りたい。

そう、「余力」だ。お相撲さんの最大の魅力は余力にあると私は看破する。たとえば朝。寝起きのどんよりした頭と身体で布団をあげる。その時に私が必要とするのは、だいたい十のうち「七」くらいの力であろう。やがて午後。おやつに貰《もら》い物の甘栗を食べる。自分で剝《む》くのは大変だが、貰い物だから仕方ない。結構力が要って、それは「九」。さらに夜。外で酒飲んでべろべろになって帰ってきて、ふとつけたテレビにラーメンとカレーはいつかなる場面で目にしても、瞬間的に「食べたい」と脳から汁が出る物なので、象のような満腹をおしてカップラーメンを作る。完食に渾身《こんしん》「十二」の力。

見よ、このぎりぎりの、ラーメンに関してははみ出るほどの力をもってして行う日々の難事業を。朝から晩までほぼ全力投球。が、これら重労働をおそらくお相撲さんは「一～二」の力で易々《やすやす》と成し遂げているのではないか、と私は考えるのだ。その余力の底知れなさに心が震える。

現役時代の小錦と水戸泉が二人で七升の酒を飲んだというエピソードがある。しかも「七升で止めたのは酔ったわけではなく店に酒がなくなったから」だそうで、それ聞いた時は倒れるかと思った。あんまりカッコよくて。なんという強烈な余力の美であろうか。安芸乃島が結婚した時に私の相撲への愛は冷めたと思ったが、そんな浅薄《せんぱく》な自分を恥じる。

考えれば考えるほどお相撲さんになりたい。お相撲さんになって、布団なんか小指であげて、甘栗は鼻息で剝きたい。彼らクラスになると、みかんや甘栗程度なら手を触れずとも鼻息で剝けると私は信じる。それから、母親が大事にしていた花器。それをうっかり壊して、今押し入れに隠してあるのだが、あれも私がお相撲さんだったら絶対なんとかなった。具体的にいうなら、「三」くらいの力で楽に持ち上げて、そのまますいすい運べた。でも実際は「六」の力で持ったら「八」級の重みがあって、よろけて柱にぶつけたのだ。ゴッと嫌な音がして、縁が欠けて、塗りが剝《は》がれた。ぜ、全身から汗が噴き出た。現在大変困っている。どうしていいかわからない。いっそ妖精になって逃げるしかないかもしれない。

もう一言　この後、大相撲もいろいろ大変なことになってしまいましたが、なんとか頑張ってほしいものです。身体を大きくしたい新弟子と、ダイエットしたい一般人の食欲を、うまくこう和をもって回す制度を確立すれば、爆発的な人気回復が望めるのではと思います。

体脂肪と時計の針

体脂肪率が何%になったら人は死ぬのだろう。いや、入院中に体重が少し減ったので、嬉しくて退院後すぐに新しい体重計を買ったら、そいつが「体重はともかく、あんたの体脂肪率本気？」というような指摘をするのだ。もちろん少ないわけじゃない。多いの。しかも増え続けてるの。毎日毎日そういう細かいことを友達でも親戚でもない体重計に言われ続けると、つくづく生きているのが嫌になる。それで、計測をやめた。やめたらスッキリ。昨日も歩いて五分の酒屋に、車でビール買いに行った。え？　運動？　なにそれ。

その酒屋では、いつもおばさん（と呼んでいるが実はおばあさん）が一人で店番

をしている。おばさんの接客基本態度は「ゆっくり」だ。客が来ると奥からゆっくり姿を現し、ゆっくり挨拶、客が差し出した商品をゆっくり眺めつつ値札を指さし、「いくらって書いてある？」とゆっくり尋ねる。値段を知ると、タイプライターのような旧式レジにゆっくり向かい、そして三回に一回は打ち間違える。そのたびに事態は振り出しに戻るから、手持ち無沙汰の客は商品の袋詰めを自ら申し出たりする。すると、おばさんはレジ操作を中断してゆっくり袋を差し出すわけだが、その間にどこまで打ち込んだか忘れちゃう。そういう仕掛けになっている。

あるいは、一万円札で支払いをすると、ふいに姿を消すこともある。まあ奥に釣り銭の千円札を取りに行くのだが、それがなかなか帰ってこない。客は一人残され、レジは開けっ放し。現金がむき出しのままのぞいている。そこへ別の客が現れたりすると、「あ、あれ……？」「あ、いや……」などと口走りながら、二人でじっとレジの一万円札を凝視することになる。そんな時は、自分か相手かどちらかが今にもこれを盗んで走り出すんじゃないかと非常に苦しい。

で、たいていこのあたりから時間の感覚が変になるわけだ。胸の底がじりじりし、店に来てから既に何時間も経《た》ってるような気になる。そこで慌てて店の時計を見上げるも、しかしこれがあんたダメ押しのようにいつもべらぼうに狂ってる。昼のニュース後に家を出たはずなのに七時とか。わかっていても、時空が歪んだみたいで、瞬間気が遠くなる。

その「時空酒屋」に昨日も行ったのだ。夕方の六時前だったが、店の時計では二時。例によって時空の歪みに放り込まれた私は、頭を軽くクラクラさせながら、「あれ直さないの？」と尋ねてみた。するとおばさんはゆっくりと時計を見上げ、実につまらなさそうにこう言うではないか。「ほっとけば一回りしていつか元に戻る」

いやあ、感動しました。以前、二年ぶりに会った友達に「変わらないね」と言ったら、「変わったよ！　十六キロ痩せてまた戻ったんだよ！」と怒られたが、そうか、すべてはほっときゃ元に戻るんだ。聞いたか体重計。私の体脂肪だっていつかはきっと戻る。もう二度とつべこべ言ってはならぬ。

もう一言　「十六キロ痩せてまた戻った友達」は、その後再び十数キロのダイエットに成功し、そして現在またまた戻りつつあるそうです。「ほっときゃ戻る」という宇宙の真理の恐ろしさに震えるばかりです。

ろくでもない判断力

さっきトイレ掃除している最中に、うっかりボタンに触って、シャワートイレの水を頭からかぶってしまった。あれは、ふだんお尻という遮蔽物《しゃへいぶつ》があるから何も感じないが、抜き身で勝負すると、とてつもない威力を発揮しますね。ガタンとかウィンとかいう音がどこかでしたかと思うと、突然、秋雨のようにサーッと上から水が降る。一瞬何が起きたのか理解できず、思春期の夕暮れのようにずぶ濡れで佇《たたず》む私。やがて我に返ると同時に激しく動揺し、慌ててドアを開けて外に飛び出したのは、一体何がしたかったのか。なぜ目の前の便器から噴き出す水を止めない。

結局、廊下で気を落ち着けてのちトイレに戻り、当初の予定より大掛かりになっ

た掃除を再開したわけだが、それにしても破格だな、この判断力のなさは。昔飼っていた猫が、客間の畳におしっこする現場を目撃したことがあって、その時も「あ……」とか言いつつすべてを見届けてから、おもむろに水溜りとなった粗相《そそう》場所に客用座布団を載せたものだ。横にいた妹の、「お姉ちゃん！　拭いて！　まず拭いて！」と叫ぶ声が、今も耳の奥にこだましている。判断力の欠如ばかりか、自分に都合の悪い出来事を糊塗《こと》する卑怯な性格までもがよく表れているようで、思い出すたび不愉快になるエピソードだ。

　それに引きかえ、うちの母はすごい。何がすごいって、なにしろ幽霊に話しかけられたという過去をもつ。独身の頃、仕事帰りにお酒を飲み、深夜の道を一人とぼとぼ歩いていた時だという。目の端に人の姿が映ったと思った瞬間、その人が音もなくすーっと目の前に移動してきた。初老の男性である。彼は母の前に立つと、「わたくし××という者ですが」と、小声でまず名乗った。それから、自分が入院中の身であること、外出許可をもらって自宅に帰ったのだがなぜか中に入れないこと、仕方がないので病院に戻ったら自分のベッドには見知らぬ人が寝ていたこと、声をかけても起きてくれないのでまた外に出たことなどを述べ、そして「わたくし、一体どこへ行けばいいのでしょうか……」と、静かに尋ねたという。

徘徊老人、という概念は浮かばなかった。「顔色が生きてる人のそれとはまったく違った」からだ。夜で酔ってて顔色までわかるのか、という意見はこの場合意味はない。とにかく「幽霊だ」と直感した母は、「ご、ご、ごめんなさい、し、し、知りません」と震えつつ何をしたかというと、まずおもむろに靴を脱いだ。そしてそれを両手に捧げ持つやいなや、泣きながら全速力で逃げ出したのである。「買ったばかりのハイヒールのかかとが折れたら困るから」というのが靴を脱いだ理由だったそうだ。

「本当に怖かった」と数十年後まで語る場面での、この判断力。それがなぜ受け継がれなかったか、トイレの床を拭きながら私はつくづく悲しく思う。

泥酔メールの謎

とある朝、ふと枕元の携帯電話を見ると、そこには昨夜の酔っ払いだった私が友人に宛てて書きかけたメール。文面は「あまのにゅう」。あまのにゅう？ はてさて、これは一体何かしら、どういう意味かしら、もしや天啓かしら、と懸命に記憶を掘り起こそうと試みるも、二日酔いの霧がかかっていて、うまく思い出せない。そういう時は、落ち着いて一から考えるに限る。

前日は、友人と二人で、札幌ドーム球場に日ハム×ロッテ戦を見に行った。野球場というのは昼の十一時に黙って座ってるだけで、威勢のいいおねーちゃんがビール売りにくるという、昼酒マニアにとってはたまらん場所だが、私は一昨年、この

球場で酔っ払って階段から転げ落ち、痛いわ恥ずかしいわ起き上がって肩で息するその息が球場一酒くさいわで、いっそ死にたくなるということがあった。以来、ここでの飲みすぎは厳に慎もうと決めている。決めているんだが、世の中意志だけではどうにもならないことがあって、今回は友人（四十二歳・男）に「同伴出勤」について尋ねたあたりからおかしくなった。

「同伴出勤というのは、水商売のおねえさんと一緒に、たとえばこうして野球を観たり食事をしたりなどして支払いをし、その後二人で店に行ってさらに支払いをし、場合によってはプレゼントなどを買ってさらに支払いをし、でも特別イイコトはそうそうないという制度と思われるのだが、それの一体どこが楽しいのかね」

「うん、あのね……ありがとう、って思ってくれるかもしれないとこ」

　ポエム菌にやられた女子中学生のようなセリフを四十男の口から聞いたとたん、私の中には透明なのかどす黒いのかわからない汁がわき出し、その汁を肴《さかな》に、そこからまあ酒が進む進む。試合が始まる頃には「先発、私！」とか叫び出すほどの仕上がりで、試合中には三重殺なんかもあったらしいが酔ってて全然気づかず、終わった後も勢いそのままにススキノ行ってカニ食べて酒飲んで、それから別の友達も呼び出して「公子さんの電話って絶対酒の誘いだから無視しようかと思ったけどしつこくて」とか言われながら居酒屋行ってさらに飲んで、飲み始めから十二時間後にようやく家に帰った。

家に帰った後は、高揚した気分を鎮《しず》めるために焼酎を少し。オバチャンまだ飲む。でもその最中にうっかり眠りこけ、ふと目が覚めるとテレビでは大相撲の結果をお知らせ中であった。折しも画面は、モンゴル出身安馬《あま》（現日馬富士《はるまふじ》）。安馬というのは体質のせいか日本の水が合わないのか、顔や胸に赤い吹き出物がいくつもあって、そしてそれとは別に驚くほど乳輪が小さい力士でもあり、だから乳と吹き出物が渾然一体となって、酔っ払いにはどっちがどっちかわからなくなるんだよ思わず乳探しちゃうよ乳探して必死だよあはははは！　という事実を友達に伝えようとした『あまのにゅう（安馬の乳輪）』メールであったことを忽然《こつぜん》と思い出した時の、私の絶望をどうか皆さんお察しください。

もう一言　大相撲を観ていると、太っていることと乳輪の大きさには何一つ関連性はないのだと教えられます。もちろん強さと乳輪も無関係。

オバチャンは聞いた

何にもない一週間だった。
どれくらい何もないかというと、ふとした拍子に相撲でいうところの蹲踞《そんきょ》の姿勢を茶の間でとったところ、自分の太ももが記憶（あるいは願望）の四割増しくらい太くて息をのんだ。場所が悪いのかと思って、客間や廊下の片隅や台所でやってみたりもしたが結果は同じ。四割増し。ショックでよろよろしながら、とりあえず現実を忘れるため、近所の本屋へ行った。
本屋では、漫画『マカロニほうれん荘』を探した。ご存じでしょうか『マカロニほうれん荘』。三十年くらい前の古いギャグ漫画で、猛烈に面白かったのだが、なぜか今私の周りにそれを知っている人はいない。ということは、「甘利元経済産業大臣と、『マカロニほうれん荘』に登場するきんどーさんはうり二つ」という私の説に同調してくれる者もないということだ。似てるんだって絶対。そこで証拠を入手すべく本屋を訪れたところ、残念ながら『マカロニほうれん荘』はなく、その代わりトイレの前で大学生くらいの女の子が男の子に、「私、妊娠したかも」と涙ながらに告白していた。

ど、ど、ど、どうして、そ、そ、そ、そのような重大なことを、ほ、ほ、ほ、本屋のトイレの前で！　とオバチャン激しく動揺しました。動揺して首がもげるくらいの勢いで振り向いたので、二人は小声になってしまい、「妊娠」以外に聞き取れたのは、「だから浮気なんかしてないって」という男の言葉のみ。でもそれを聞いた瞬間、私は見切ったね。たちまちのうちに「浮気を疑った女の子が彼のアパートを急襲↓部屋には別の女↓慌てた彼が彼女を外へ連れ出す↓追い詰められた彼女が本屋トイレ前で爆弾発言」という完璧な図式が頭に浮かび、この後もう一人の登場人物（彼の部屋に置き去りにされた浮気相手）が現れるに違いないと、立ち読みしながら待ったわけだ。まあ現れなかったけど。

その間、約二十分。私の中では浮気相手があてつけのために今彼の部屋で作っている料理のメニューまで完成した。こういう時は本格和食。で、料理後、男にメールを送る。「私もう帰るね」。安心した男は妊娠彼女をなんとかなだめて部屋に連れ帰るのだが、テーブルにはこれ見よがしに料理が並んでいる。それを見つけた妊娠彼女が逆上。「なによこんな老人食」とか言いながら、床にぶちまけるわけだ。飛ぶ焼き魚、舞う天ぷら、砕ける茶碗蒸し。あーもったいない。もったいないが、時が時だけに仕方ない。若いとはそういうことだ。

と、書棚の陰でしたり顔でうなずいたのが一番充実した時間であった、というくらい何もない一週間であった。なんて虚《むな》しい。ところで女の子の「した（妊娠）」という主張と、男の子の「してない（浮気）」という主張と、その両方が嘘である可能性って結構高いと思うんですけどどうでしょう。あと、その時立ち読みしていた本によると「太ももは痩せにくい」って。ほっといて。

（もう一言）実は今、知り合いから『マカロニほうれん荘』全巻を借りる約束をしておりまして、これで「きんどー・甘利うり二つ説」の正しさが立証されると思いきや、今や甘利元大臣の顔を覚えている人自体が少ないのでした。

物悲しい秋の一夜

秋ね。日が暮れると部屋の明かりを目がけて小さな蛾がやって来て、でも窓は閉まってるから入れないの。私の部屋の網戸は去年の大風《おおかぜ》の日に、枠だけ残してどこかへ飛んで行ってしまったから、夏の間は窓から虫がばんばん入り込んできたものよ。ばんばん入り込んできた虫は、当然ばんばん殺したけど、でもいいの。生きるってそういうことだもの。なんだかとっても物悲しい。

そういえば夜中にふと目を覚まして、そのまま眠れない日もあったわ。二日酔いが尾を引いて早寝したせいという事実は事実として、やっぱり秋ね。夜更けの世界はしんとしていたわ。これが夏なら近所のド腐れガキどもがロケット花火を連射し

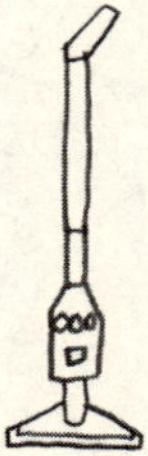

たり、今時バイクをバリバリいわせて走ったりしてるのだけど、それもなかった。静寂の中でじっと布団にくるまっていると、世界はとうに滅亡していて残されたのは私一人という気になってしみじみ寂しくなってきたの。それでテレビをつけたわ。すると世界は無事に続いていて、それぱかりかアメリカ人の男女が異様なテンションでコードレス掃除機を売ってた。軽くて小回りがきいてゴミをどんどん取る掃除機。ジョンだかジョージだかマイクだかが、広々したアメリカンハウスをきれいにするのを、私、布団の中でぼんやり見てた。ずいぶん汚れたお宅ねー、あれなら確かに掃除しなきゃダメねー、それにしてもアメリカ人は元気ねー、やっぱ肉食べてるからかしらー、私なんて二日酔いで夕食は冷や奴だけだったのよー、なんて思いながら。すると、そのアメリカ人は突然、日本人に呼びかけ始めたの。

「日本の家は、アメリカと違って狭いとご心配の皆様！」

言いながらきつきつのトレーラーハウスに移動して、そこでガーガー掃除機かけてみせ、「ほら、狭くても大丈夫！」って、おまえ国ごと喧嘩売ってんのかと。狭いとこ住んでて悪かったなと。ジョンだかジョージだかマイクだか知らんが、やるときゃやるぞと。だいたい「どんな材質の床にも対応」とか言いながら、畳が出てこないのはどういうわけだと。日本人相手に商売するならまず畳だろうと。おまえ畳に小麦粉こぼしたことあんのかと。私はあるぞと。畳の目の中のあれを一気にきれいにしてから日本人に掃除機売りつけろよと。靴底が持ち込む土と勝負してるようなおまえらとはワケ違うんだぞと。

情緒不安定な秋の私は、テレビの前でそう涙したわ。そして怒りと悲しみを胸にフラフラと台所に行って、ごはんと味噌汁と納豆で腹ごしらえ。首洗って待ってろよジョンだかジョージだかマイクだか！　これ食べたら勝負だかんな！　と対米開戦すら視野に納豆を激しくまぜ、味噌汁をおかわり。それは冷や奴しか食べていない身にしみたわ。おかげで満腹になる頃には、対米開戦のことなどすっかり忘れて、さっさと布団に戻ったの。そして朝までぐっすり眠ったわ。私思うんだけど、やっぱり秋の物悲しさの九割は空腹でできてるんじゃないかしら。どうかしら。

もう一言　網戸、直しました。

キミコが結婚できない理由

全国の私と同じ境遇の、つまりいい年・独身・正直者の皆様、お元気ですか。相変わらず「結婚しないの?」と訊《き》かれてますか。私は先日、くまのプーさんのような邪気のない目をした殿方に、数年ぶりに尋ねられましたよ。邪気がないというのは邪気がないだけに厄介なもので、これが非常にしつこい。仕方がないので、遠い夏の出来事について話してあげました。

あれはまだ私が二十代の頃。とある日曜日の朝、バス停で一人の女性に出会いました。袖なしのワンピースを着て帽子をかぶった、五十代とおぼしきご婦人。近づいてわかったのですが、彼女は道行く人に向かって一人、大きな声で延々喋《しゃべ》って

おりました。正確には怒鳴っておりました。

「あのね！　あれですよあれ！　うちの嫁！　布団をね、布団を干す時にバンバン叩く。綿《わた》が傷むからそんなに叩くなと言ってもバンバンとこうね、バンバン叩く。バンバン！　それから洗濯物！　皺《しわ》をきちんと伸ばさない。何度言っても皺くちゃのまま！　それからタオル！　タオルをたたむ時は二つ折りと決まっておりますね、先祖代々。私がそう教えているのに、何度言っても三つ折りにする。三つ折り！　それから茶碗！　茶碗を洗う時に嫁はバカみたいに洗剤を使う。泡！　泡だらけですよ台所！　しかも太っている！」

こ、怖い、と思いました。正直、怖い。あなたは怖くないですか、と私はプーさん男に訊きました。「独り言が？」とプーさん男は言いました。いえいえ、とんでもない。世の中には一定数「大声で独り言を言いながら歩く」人がいるもので、私は一度、本屋の棚の間を練り歩きながら、自分の生理日について開陳する女性に会ったこともあります。あれは開陳された方が困りますね。でも怖いのとは違う。そうではなく、結婚生活の厳しさ、とりわけ最後の件《くだり》が私を戦慄《せんりつ》させたのです。

「しかも太っている！」

そりゃ太ることもあるでしょう、人間だもの。でもそれが日曜のバス停で公に向かって糾弾されるべきほどの悪行なのか。結婚生活とはそこまで厳格なものなのか。そう考えると私は怖くて怖くて、乗るべきバスにも乗らずに逃げ帰り、部屋の隅でぶるぶる震えました。実は今もまだ震えております。その後二十年近くの間に七十件ほどあったプロポーズも、震えながらすべて断りました。だって太るもの！私絶対太るもの！

語り終える頃には、プーさん男は一転、改心前のピノキオのような不安気な目になりました。その目をじっと見つめ、ここが肝要なのですが、にこりともせずに私は言いました。

「全部本当の話です」

彼は反射的に頷《うなず》きました。もちろん何を信じ、何を信じなかったかはわかりません。でもとりあえず「黙れタコ」の気持ちは伝わったように思います。黙ったから。全国の心優しい、いい年・独身・正直者の皆様も頑張ってください。

（もう一言）怖いので、まだ独身です。

とある一日の出来事

もう二年くらい会ってない友人から電話があって、「聞いてほしい話があるので家に来て」と涙ながらに頼まれたのが、午前八時。彼女は離婚後、新しい恋人と親密な男女交際に励んでいたものの、その恋人というのが端的にいって「自分に甘く他人に厳しく、暴力的かつカネにだらしなく、しかもマザコン」。さらに別の言葉で表すならば、「無職」。もういっそ笑っちゃうが、これは他人だから笑っていられるわけで、友人はもちろん泣いている。

泣きながら、「彼が突然いなくなってしまった」と、訪ねて行った私に訴えたのが、午前九時半。そして、「彼と一緒になぜか私の預金通帳と銀行印も消えてしま

った」「誤字だらけの借用書が一枚置いてあった」「彼の実家に行ったら母親に怒鳴られた」と、号泣しつつ矢継ぎ早に告白。よくある話といえば話だが、とんでもないといえばとんでもない。私は心底同情し、真剣に相槌《あいづち》も打ち、あんたは（それほど）悪くないと肩を抱き、善後策を練り、彼女以上の勢いで世の中の男という男に向かって呪詛《じゅそ》の言葉を吐き、鼻水を拭くためのティッシュを手渡してあげた。トイレも我慢して。

その甲斐あってか、「そうだね、ちょうど新しい仕事も始めたところだし、心機一転頑張るわ」と友人が笑顔を浮かべたのが、午後〇時半。それから何かを吹っ切るように立ち上がり、お礼にと、パスタやらチキンやらポトフやらアレやらコレやらをふるまってくれ、その豪勢さに驚く私に「いや、それがさ、この鍋で料理するとさ……」と口にし出したのが、午後一時半過ぎ。あ、もしや、いや、まさか、と疑念が湧《わ》いたのが、午後一時四十分。ほぼ同時刻に、以前、別の友達から「子供たちが会いたがってる」と誘われて家を訪ねたら、会いたがってるはずの子供たちは全員出かけていて、ひたすら健康食品のセールストークを聞かされたという苦い過去が甦《よみがえ》る。

ドキドキしながら友人を見ると、友人は朝とは別人のような笑顔で、健康成功幸福鍋洗剤浄水器などと一心に念仏を唱えている。あんた幸福とかほざいてっけどさっきまで泣いてたべ、と言おうにもなかなか言い出せず、食べるには食べたけれども味もなんもわからんようになって、ついに「三十万円で鍋を買え」と価格提示されたのが、午後三時。

当然、「私はいらない」「公子は誤解してる」とかいう不毛な会話に突入、その最中にも彼女が居酒屋で寝込んだ私を家まで送り届けてくれた夜や、鬼灯《ほおずき》の鳴らし方を教えてくれた昼のことなどを優しく思い出して私なりに耐えてみたのだけれども、とうとう辛抱たまらんようになって、「そんなもんに引っかかるバカだから男にも騙《だま》されるんだ！　カネなんて返ってこねーよ！」と午前中の自分の努力をすべて無にするような発言を仁王立ちで為《な》して、友人宅を飛び出したのが午後七時十八分。

夜風に吹かれながら、どこがどうとは言えないけれど、なんかつらい、生きるのはつらいと思いました。

もう一言　この時の予定によると、友人は今頃ハワイの豪邸で遊び暮らしているはずですが、「送るから遊びにきてねー！」と言っていた招待状はまだ届きません。

吠え犬と負け犬の大勝負

夜中の二時。犬が吠《ほ》えている。十分ほど前から。いや、十五分かもしれない。途切れることなく、一定の間隔で機械的に吠えている。名前は知らない。丸々と太った、近所の飼い犬だ。

この犬は時々（週に一度とか月に一度とか）、こんなふうに鳴く。つまり「永遠とはかくなるものか」と町内中の人々が悟りを開くほど長い時間、鳴き、吠え続けるのだ。今は夜だけれど、昼にそうすることもある。夏の明け方の四時のこともある。早朝の空に響く犬の声は、とても鋭かった。四方八方に飛び散る矢のようだった。私は、起き上がって窓辺へ行き、サッシの二重窓をきっちり閉めて降り注ぐ矢

をはね返した。そして布団に戻り、汗まみれになって再び眠った。

吠え犬は一体何を訴えているのだろう、と私はたまに考える。妹は、「してほしいことがあるんじゃないかな」と言う。「それで飼い主が寝てたり留守だったりすると、腹いせに家の事情を暴露してんじゃないかな」。すると、あの長広舌《ちょうこうぜつ》は、「ちょっと！ みなさん！ ここんチのね！ 夫婦ですけどね！ これがね、えらいスキモンでね！ 昼となく夜となくね！」とかいう話を、町内中に撒《ま》き散らしているということだろうか。そう思いながら聞くと、なるほどという気もしないでもない。一瞬静かになる時があって、それはあまりの過激さに暴露を躊躇《ちゅうちょ》しているのだろう。犬にも犬の羞恥《しゅうち》や道義があるのだ。

ただ、こうして夜中に長く続く声を聞いていると、もしかするとこれは闘いなのかもしれないとも思う。犬は、目に見えない何かから町を守るためにやむにやまれぬ思いで吠えている。強く邪悪な敵だ。私たちはそうとは知らず、彼（もしくは彼女）の吠え声が天使の羽のごとく広がる下で眠っている。町は犬がもたらす大いなる庇護と愛に覆われている。

犬はまだ吠えている。それを聞きながら私は、もし佐藤浩市がとなりに越してきたなら（私は常に「佐藤浩市がとなりに越してきた場合」を考えて生きている）、この犬のことを静かに話してあげようと思う。我々は彼（もしくは彼女）に守られているのだと。あの吠え声は深く大きな愛情なのだと。なのに人間というのは悲しい存在で、私の経験ではせいぜい十分かな、そうだな十分だな、あれが聞こえると十分で家を飛び出し、「てめーこのヤローうるせんだよー」と犬のもとへ駆けつけ、到着するや否や丸腰で勝負を挑み、わんわん叫び続ける口のあたりをむぎゅうと摑《つか》みかけてはガブリと嚙まれ、あ、このヤローやりやがったな、むぎゅうガブリむぎゅうガブリと血みどろの抗争を繰り広げた後、降伏した犬と肩を組んでついでに肉球も触りながら夕日を眺めたい衝動にかられるんだよ、今もまさにかられてるんだよ、夜中の二時だから我慢してっけどな！　という人の心の弱さについても余すところなく伝えようと思う。

夜中でよかったな犬。いつか勝負だ。

（もう一言）佐藤浩市はまだとなりに越してきません。吠え犬は死んでしまいました。今は生ゴミを窓から投げ捨てる近所のおばさんと、それを狙うカラスが敵です。

オバチャンを泣かせるな

テレビで女子バレーの国際大会を見るたびに胸がいっぱいになる。年をとると涙もろくなるというが、あれは本当で、どこが優勝したとか日本が何位になったとかいったこととは無関係に、ひたすら胸が痛む。

だって考えてもみてほしい。選手たちは、今まで大変な練習をこなしてきた人たちだ。友達がディズニーランドで初デートを楽しんでいる間も、自分は地獄の猛練習。青春のすべてをバレーに捧げ、しかしどれだけ頑張っても監督にはヘタクソ呼ばわり、先輩からは使いっ走り扱いだ。休憩のたびにパンを買いに行かされては、

「何よ、このメロンパン！　中にメロンが入ってないじゃないの！」

「せ、先輩、メロンパンにメロンはふつう入っていないのでは……」

「お黙りっ！　反復横跳び二千回！」

などという理不尽な仕打ちを受けて涙ぐむ。それを陰で笑いながら見ているライバルのアユミ（仮名）。アユミはロシアにバレー留学していたのだが、天才選手ミレンコ（仮名）とのレギュラー争いに敗れて帰国。その鬱憤《うつぷん》をぶつけるかのように、タオルに剃刀《かみそり》の刃を仕込んだり、バッグにカップラーメンの汁を入れたりと、嫌がらせを仕掛けてくるのだ。

　つらい毎日である。何度バレーをやめようと思ったことか。けれどもその挫《くじ》けそうな心を支えてくれたのが、親友のキョウコ（仮名）であった。二人は練習後、日の暮れた長いアスファルトの道を歩きながら、よく語り合ったものだ。

「今はつらいけど、いつか一緒に代表チームに入ろう」

「うん、私たちのプレーで観客を沸かせよう」

「そして絶対優勝する。世界大会の決勝のコートに立つ」

　そうしてようやく手にした日本代表の座。この日をどんなに夢見たことか。よし、今まで培《つちか》ってきたテクニックのすべてを存分に発揮しよう。そしてバレーボールの素晴らしさを多くの人に知ってもらおう。二年前に事故で死んだ親友キョウコの分も。

という思いを胸に大会に臨んだ（かもしれない）選手が、姫だの妖精だの田舎のばーちゃんが聞いても絶対孫だとわからんようなお仕着せニックネームで呼ばれるわ、試合前に芸能人が延々歌うたうわ、ゲーム中は間の悪いＤＪが無神経な大声で会場仕切るわ、おかげでマスゲームみたいな応援風景だわ、プレーに関係ないところで毎度毎度「ニッポン」コールだわ、などという目に遭ってるのを見てると、オバチャン、選手が不憫《ふびん》で不憫で泣けて仕方ないっつー話だよ。

あれ外国チームにもバカにされてんじゃないのか。ホントいい加減にしろよテレビ局。いや、日本バレーボール協会か？　まあどっちでもいいけど、これ以上私を泣かせないで。

圧力鍋と私の十五年戦争

圧力鍋が欲しい。ような気がする。よくわからない。よくわからなくなってから、もう十五年くらい経《た》つ。十五年くらい前に知り合いのオバサンが「調理時間なんて普通の鍋の半分よ」と教えてくれたので、これは佐藤浩市がとなりに越してきて、「実は手違いでまだガスも電気も使えないんです」と、突然空腹を訴えた場合の懐柔策にぴったりと思ったのだ。

思ったところで、すぐに圧力鍋の本を立ち読み。すると、あろうことか『使用前点検』『加圧・減圧』『おもり』『圧力表示器』『安全弁』などという物騒な言葉がいきなり目に飛び込んできたではないですか。こ、これは鍋ではない。たちまち恐ろしくなって本を閉じた私。鍋というのは『蓋《ふた》』とか『取っ手』とか『コゲ』とかいう単語で表現されるべき物であって、『加圧』や『安全弁』は明らかに違う。それは精密機械の語彙《ごい》。で、結局、買いそびれてしまった。私は鍋は欲しいが、精密機械は今は欲しくない。ような気がしたのだ。よくわからないけど。

あの日から十五年が経った。圧力鍋にとっては、精密機械としての十五年である。その間一番つらかったのは、家族の無理解であった。たとえば一昨年買ったDVDレコーダー。私はそれをいまだ使いこなせない（体調がよくて運気が上昇するとたまに録画予約に成功する）のだが、使いこなせないだけに、操作すべき人がきちんと操作したなら、とてつもない働きをするのではないかと推測している。映像関係のみならず洗濯や炊事も得意なのではないか、カロリー計算の合間に古新聞を束ねることも可能なのではないか、そう信じて新聞紙に向けて日々リモコンを押してみる努力は怠らない。それほどの敬意をもって精密機械に臨むのが、私という人間なのだ。

しかし、その姿勢がなかなか理解されない。特に圧力鍋に関しては、精密機械であるという認識が不足しているせいか、家族の態度が非常に冷たいのだ。潜在能力を一切認めず、風呂のカビとりに際して「圧力鍋があれば簡単なのに」、パソコンの不具合は「圧力鍋さえあれば直してくれる」、しつこい訪問販売も「圧力鍋が颯《さっ》爽《そう》と現れて」、タイヤ交換も「圧力鍋の力で素早く」、そう私がつぶやくたび、「は？　あんた大丈夫？」などと言い放つ。さらには、「ＤＶＤレコーダーが古新聞束ねたことだって一回もないんだから、鍋も無理」と論破しようとさえした。いくら圧力鍋に対する無知と浅慮のなせる業とはいえ、なんという仕打ちか。

そんなつらい日々が十五年。そして本日ついに、「ああ、こんな時に圧力鍋があれば……」とつぶやきながら加湿器に水を入れる母の姿を目撃したことで、我が家の圧力鍋問題は一つの帰結を見たのである。実際そのセリフを耳にした時の、長い苦労が報われたような、やっぱり「あんた大丈夫？」と言いたくなるような複雑な脱力感。今はそれをじっくり味わいつつ、勝った、私の正義はとうとう勝ったのだと、胸を熱くしているところである。もちろん鍋はまだ買わないけれど。

（もう一言）　圧力鍋、まだ買ってません。しかし先日新調したオーブンレンジの使わなさ加減をみると、買わずにいるのが正解のような気もします。何で「ケーキ焼くかも」と思ったんだろう。全然好きじゃないのに。

私の心を奪った酒場たち 1

「経文酒場」

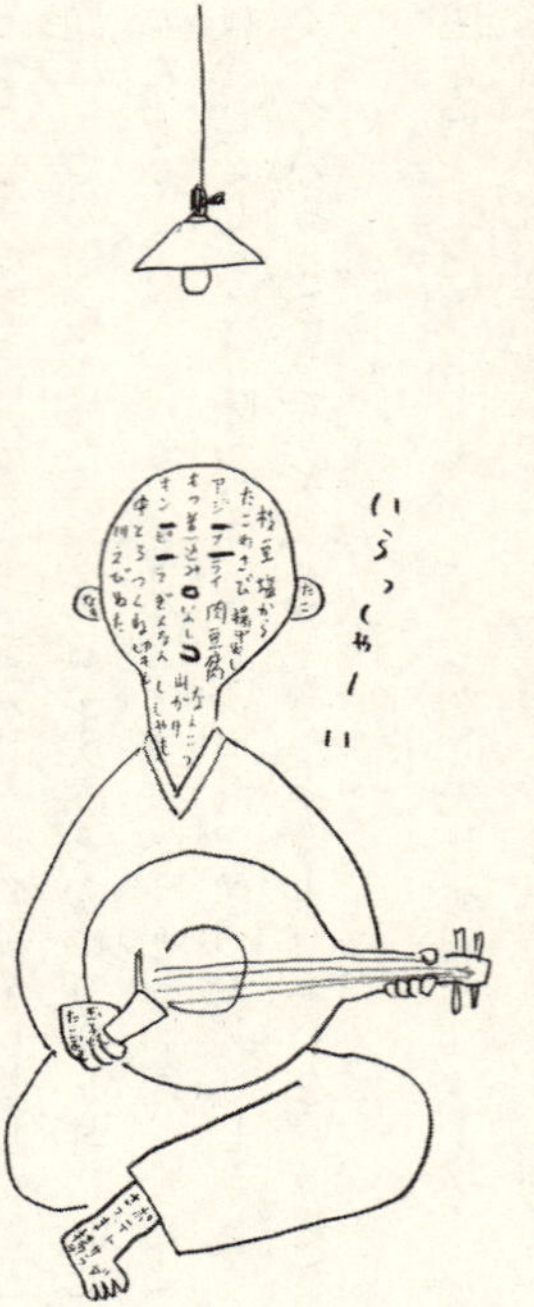

店の中にも外にも、まるで耳なし芳一の経文みたいに、メニューがびっしり張り巡らされている。
一見してただならぬ迫力で、邪悪なものは蟻んこ一匹通さん！

という店主夫婦の意気込みがヒシヒシと感じられるが、実際にはその鬼気迫る迫力が、「気の弱い、もしくはまっとうな、つまりはただ普通に酒を楽しみたい善男善女は誰一人として通れん！」という、当初の目的とは逆の結果を招く羽目に陥っている。過剰さは空白を生むという典型であろうか。

必然的に客は少なく、友達が「金魚鉢か！」と看過した「生簀《いけす》」を泳ぐ魚の数の方が客より多い。たまに近所のオッサンが座敷に寝転がって店主夫婦とパチンコ話に興じている。一度、酔っ払ってそのオッサンの足を踏んだら、「よし、わかった」と言われた。何がわかったのかはわからない。

よくこんなんで商売が成り立ってるなあとお思いでしょうが、数年前、当たり前のように夜逃げして閉店。店主夫婦がどこへ行ったかは不明だが、常連のオヤジはこないだ近所のスーパーのベンチでたこ焼き食べてるのを見かけた。手袋をはいたまま、たこ焼きを目にもとまらぬ速さで口に入れたり出したりしていた。熱かったんだと思う。

マッチ売りのキミコ

寒い。今年もとうとう冬が来てしまった。冬は嫌いだ。心が荒《すさ》む。どれくらい荒むかというと、猫とストーブ前の場所を取り合いながら「おまえはうちの子じゃないんだよ、猫の子なんだよ」と出生の秘密を暴露するくらい荒む。猫が死んだ今は人間（主に母）と場所を取り合い、「おまえは本当は二軒先のアル中の子なんだよ」などと言われて笑っているうちに、いつのまにか別件でマジ喧嘩、家を飛び出すくらい荒む。

でも、飛び出したはいいけど寒いのよ、冬だから。空は曇っている。気温はどんどん下がり、私には行くあてがない。去年、酔って帽子をなくしたせいで、頭も耳

も丸腰。気がつけば財布も携帯電話も持たず、ポケットに千円札が一枚と小銭が少しあるだけ。ああ、そうだ、これでマッチを仕入れよう。街角でそれを売って一人で暮らそう。おじさまマッチはいかが？　公子のマッチはいかが？　そう思いついて目の前の回転寿司へ。すると残念なことに回転寿司ではマッチの卸《おろし》売り業務は行っておらず、かわりに寿司が出てきた。仕方なく食べる。酒も飲む。それにしても、なんという孤独だろう。私は一人ぼっちだ。この百八十万都市で独りぼっち。お金もなければキャッシュカードもマッチもない。こんな寂しい大人っているかしら。今までの人生って何だったのかしら。そう思うと、ますます心は荒み、酒はすすむ。

もちろん今さら家には帰れない。どうせまた喧嘩になるだけだ。でも一体どこへ行けばいいのだろう。ゴミの日に毎回にらみ合うカラスだって夜になればねぐらに帰るというのに、私にはその場所すらない。あのカラス、腹立つヤツだが私を家に招待してくれないかしら。無理かしら。世界のどこかに私を待ってる人はいるかしら。ガックリとうなだれつつ、ビールおかわり。

希望なんてどこにもない。冬の陽は短く、窓の外はすでに闇。私の孤独はますます深くなる。ごらん、いつのまにか雪だってこんなに降り積もって……と真っ白な窓の外に目をやったとたん、「やっべー。夏靴だよ!」。いきなり現実に戻って中腰になる。

慌てて会計を頼み、するとそれが百二十円ほど足りず、赤くなったり茶色くなったりしながら「今、今すぐ持ってきます」と外へ飛び出すと、案の定、足元がツルッツル。よろめく姿を小学生に笑われ、おばさんには労《いたわ》られ、いつかこの迂闊《うかつ》さが命取りになるに違いないと自ら予言し、ていうか今が命取りだろう転んで頭打ってる最中だからと仰向けに叩きつけられながら訂正し、立ち上がって冷たい手に息を吹きかけ吹きかけ、二度と帰らないはずの家に屈辱にまみれて二時間で戻った私の目に飛び込んできたのは、ストーブ前で「眠い……眠いよお……」という寝言をつぶやきながら昼寝している母の姿であった。

その時、胸に湧《わ》き上がった「台なし感」ほど圧倒的なものを、私は未だ知らない。

(もう一言) 札幌の人口は今や百九十万人に達したようです。私が毎日酒飲んでテレビ見て昼寝している間に。恐ろしい。一体何が起きたのでしょうか。

みっちゃんのこと

先週に引き続き、寒い。あんまり寒いんで、魂を抜かれたみたいになって、テレビばかり見ている。昨日は、若い異母兄妹がそうとは知らずに愛し合い、周囲と本人たちに苦悩と混乱を招いているが、でもあれホントは兄妹じゃないよな、妹はまた別の男の子供だよ、母さん若い頃浮気してたんだよ賭けてもいい、という展開の昼ドラの再放送（タイトル知らない）も見た。そして、ふいにみっちゃんのことを思い出した。

みっちゃんは小学校の時の同級生で、ある日突然「私、お母さんの本当の子供じゃないの」と私に告白した女の子である。「親戚のおじさんが外国で手に入れた本物のガイコツ」を見に、彼女の家を訪れた時だった。ところがガイコツは「箱の鍵を誰かに盗まれたため」見ることができず、みっちゃんはそれを気にして何度も「ごめんね、でも嘘じゃないよ」と繰り返した。そしてガッカリする私をまるで励ますかのように、唐突に出生の秘密を明かしたのである。「嘘じゃないよ、ママハハなの」とみっちゃんはもう一度言った。「信じてくれる？」

もちろん私は信じた。大人になって、「今、地下鉄で置き引きに遭い、もらった給料を全額盗《と》られた」と言いながら待ち合わせ場所に現れた知り合いだって信じた。その日は貸したお金を返してもらう約束だったが、私は彼女を大変気の毒に思い、ごはんを奢《おご》って、さらに十万円貸したのだ。もちろんお金は一銭も返ってこなかった。大人になってもこれだから、みっちゃんの話くらいなんぼでも信じる。

お母さんは本当の子供である弟ばかりかわいがる、とみっちゃんは悲しそうに言った。ガイコツの箱の鍵もきっと弟の仕業だ、と。私は心の底から同情した。なんてかわいそう。ちょうど数日前、学校帰りに通学路外の立ち入り禁止の沼に寄り、そこでザリガニを捕り、でも素手で持つのは嫌で、破いた教科書に包んで帰ったという、もうどこからツッ込んでいいのかわからない罪で母親にこっぴどく叱られたばかりだったということもあって、うちの怖いかーちゃんでよければ貸しましょうか？　とまで思った。でも、そんなことに意味はない。うちのお母さんはみっちゃんの本当のお母さんではないのだ。

私が黙り込むと、みっちゃんは健気《けなげ》にも笑顔になった。それから、悪魔の話を始めた。これはみっちゃんのお気に入りで、夢に現れた悪魔に身体を貸したところ、不思議な力が身につき、人の心が読めるようになったという話である。設定が詳細で、なおかつ心を読む時の白目顔があまりに恐ろしくて、ええ、呆れてもらって結構だが、私はそれもほとんど信じていた。

「今日のことは誰にも言わないで。もし言ったら、あの悪魔が公子ちゃんのところに行く」

白目をむいてみっちゃんが言い、私は戦慄《せんりつ》してうなずいた。

あれから三十年余り。今まで守り抜いてきた約束を、本日こうしてとうとう破ってしまった。みっちゃんの消息はわからないが、もし今晩悪魔が私の夢に現れたら、なんとかして報告したいものだと思う。

もう一言　現れませんでした。

運命の人はいずこ？

ワイパーのことを考えるのに疲れたので、いっそのこと車を手放そうと思った。

雪の季節になるとタイヤと同じようにワイパーも取り換える。いつだったか、そういう面倒な慣習はもうやめようと個人的に考えて、夏用ワイパーのまま吹雪の高速道路を走ったら、フロントガラスがみるみる凍りついて「あ、今、私死んだ」と思ったことがある。あれは怖かった。前が全然見えない。やっぱり冬は冬用ワイパーに限る。

でも、それがうまく交換できないのだ。毎年、氷点下の屋外で二十分くらいかかって、最後はいつも泣きそうになる。何度も押したり引いたり、その手が滑ってどこかにぶつけたり。でもなかなか外れない。ようやく外れたと思っても今度は取り付けられない。「ワンタッチ装着」の謳《うた》い文句なんて嘘っぱちだ。説明書だって、「夏用ワイパーをはずす→冬用ワイパーを取り付ける」程度のことしか書かれていない。象を冷蔵庫に入れる三ステップ（冷蔵庫のドアを開ける→象を入れる→ドアを閉める）みたいなものだ。

友達のことを思い出す。彼女は、車が雪に埋まった時、通りがかった同じアパートの男性にたまたま助けられ、後にその彼と結婚した。「運命の出会いだと思うの」とうっとりする彼女に、「めでてえなオイ」などと言ってしまったせいか、ワイパーを換えてくれる運命の人が私には現れる気配もない。孤独だ。独りぼっち。この分では、今年もかじかむ手でワイパーを押したり引いたりし、でも敵はびくともせず、その右往左往する私の姿を向かいのマンション住民が見下ろしてゲラゲラ笑うに違いない。いいさ、笑えよ、誰だか知らないけど。どうせ私は社会のあぶれ者だ。ワイパー一つ換えられないし、運命の人もいないし、餃子作ると具が溢《あふ》れるし、車検代もまだ払っていない。車検なんて一年近くも前だったのに。払えよ、いい加減。

それで車を手放そうと思った。こんな人間に車を持つ資格などないのだ。そうしよう。心に決めて、夏用ワイパーのままの車に飛び乗り、私にとって最後の車検代を支払うため自動車整備工場へ。そしてそこで魔法を見た。「わざわざありがとうね」と笑顔で車に近づいてきた整備工場の社長さんが、「あれ？　換えとく？」とつぶやいた瞬間のことだった。前後三本すべてのワイパーが、するすると新品冬用に付け換わったのだ。所要時間約二分。私はそれを車の中から呆然と見ていた。とても現実の光景とは思えなかった。飴の包み紙を剝《む》くより簡単に。私が車を手放そうとさえしたことを。まさにワンタッチ。呆然としたままお礼を言い、夢うつつでワイパーの値段を尋ねると、「五千円におまけしとくよ」と明るく言った。

それで、車検代金と五千円を払って帰った。帰り道、正気に戻り、妻子どころか孫もいる彼が運命の人だったらどうしようとふと心配になったので、友達に相談したところ、「運命の人はお金受け取らないんじゃないかな」ということだったので少し安心しました。

もう一言　この日以来、ワイパーとタイヤの交換に関しては金で解決することに決めました。今の心配はスマートキーとやらの電池切れ。どうすんの。電池切れたらどうすんの、あれ。押しがけとかすればいいの？

押し入れのお婆さん

一人暮らしをしている友人の家に行って、何気なく「一人で怖いと思う瞬間は？」と尋ねたら、「別にないなあ。鏡の中から手が出てきた時のことも考えないし」と答えた。この発言によって彼女は、「実は鏡の中から手が出る現象について考え倒している」ということを図らずも露呈してしまったわけだが、そうか鏡か。私は鏡よりも洗髪だな。風呂で髪を洗っていて、ふと目をあけるとそこに血まみれの女の人が立っている、というのが世の中で一番怖い。裸だし。

二番目に怖いのが押し入れで、これは昔テレビで見た「押し入れを開けると小さなお婆さんが正座していた」という話が原因だ。よくある心霊番組だったが、もう一生押し入れのある家には住みたくないと思った。そこで親に引っ越しを提案したところ、即座に却下。悩んだ末、打開策として「押し入れを閉めない」という方法を思いついた時は、わたしゃ自分が天才だと確信したね。閉めるから開ける必要が生じるのだ。開けるからそこにお婆さんがいるのだ。ならばいっそ開け放て。まじ天才。

以来、私の部屋の押し入れは常に開かれている。今もそう。四十歳過ぎてそれはどうかと責めるむきに対しては、そもそもその番組見た時は高校生だったと主張したい。高校生で幽霊怖さに引っ越し提案した人間が、四十過ぎて押し入れ開け放しても何の矛盾もあるまい。恐ろしい夢を見て夜中に目を覚ましたりすると、だからまず押し入れを確認する。そして「お婆さんはいない」とほっとする。私は視力がかなり悪いが、暗がりの中でもそれくらいはわかるので安心だ。

今年の正月も初夢に悪夢を見て（初夢だと思うと緊張するせいか悪夢をよく見る。どこまで気弱か）夜中に目を覚まし、まず押し入れを確認した。お婆さんはいない。が、安心して寝返りを打ったその刹那《せつな》、闇の中にぼんやり子供の姿が見えた。

布団の足元、いるはずのない子供だ。とても小さい。明かり取りから漏れる弱い光に照らされ、着ている服の色までわかる。ピンク色。こ、怖い。とてつもなく怖い。身体をかたくしながら、しかし勇敢にも私は叫ぶ。「誰っ⁉」。子供は答えず、私は再び叫ぶ。「つけるよっ！」。何つけるかって電気だ。「電気つけるよっ！　いいのっ！」。いいのって、訊《き》いてどうするっつう話だが、恐怖でわけがわからなくなっている。しかし子供は動かない。私は子供を見据えたまま、震える指で枕元の電気スタンドのスイッチを入れる。射るような光。と同時にあら不思議、子供の姿は霧のようにかき消え、かわりに昼間納戸から持ち出してきたティッシュ五箱パック（ピンク）が目にも鮮やかに浮かび上がったのだが、さてこの場合、天才の私がとるべき今後の打開策は以下の行動のうちどれが一番ふさわしいでしょうか。

一、メガネかけて寝る。二、電気つけて寝る。三、大人になる。

（もう一言）今も私の部屋の押し入れは、全世界に向けて開かれております。が、冬寒い。押し入れ開けてると冬、寒いです。私は一体何をやってるのか、と開け放たれた押し入れを前にしみじみ思うような性質の寒さです。

父という生き物

もしかすると、と思いながら年末の大掃除をする父の姿を見ていた。父は使用済みラップを持っている。捨てるのだ。ゴミ箱の蓋《ふた》を開ける。私は慌てて声をかける。「お父さん、それ燃やせるゴミじゃなくて、プラスチックゴミ」「あ、そうなの？」。父は素直に燃やせるゴミ用ゴミ箱から手を離し、プラスチックゴミ用のゴミ箱を開ける。もしかすると。

別の場面では保冷剤だ。ぐんにゃりしたそれを手に、父がゴミ箱の蓋を開ける。私は再び声をかける。「お父さん、それ燃やせるゴミじゃなくて、燃やせないゴミ」「あ、そうなの？」。父は素直に保冷剤を分別する。もしかすると。

確かに前々から父に対して何かぼんやりとした違和感を抱いてはきた。しかし、その正体がわからぬまま、「お父さん、餅何個食べる？」というような目先の問題にとらわれ、さらに「六個」などという返答に翻弄《ほんろう》されているうちに、いつもうやむやになってきたのだ。七十歳すぎて一度に餅六個って多くないか？　いやまあ、餅くらい好きなだけ食べればいいんだが、とにかく謎だった違和感の正体、それがいよいよ明らかになろうとしていたのだ。

決定打は、木箱である。お歳暮の蕎麦《そば》が入れられていた小さな木箱を、父は「燃やせないゴミ」に分別した。私は三たび声をかける。「お父さん、それ木だから。燃やせるゴミだから」「あ？　あ？　そうなの？」。うろたえる父を見て、私は確信する。やはり。やはり。やはりそうだ。

父は、ゴミを「硬い物」と「柔らかい物」に分別している。

実に斬新な法則。おそらく父の中では、「硬い物＝燃やせないゴミ、柔らかい物＝燃やせるゴミ」という図式が無意識のうちに出来上がっているのだろう。わかりやすい。わかりやすいが、いかんせん決定的に間違っている。短くなった鉛筆は燃やせないゴミ（不正解）、雑誌は燃やせるゴミ（正解）、使い捨てカイロも燃やせるゴミ（不正解）、古い長靴も燃やせるゴミ（全然不正解）。なるほど、父の法則はゆるぎない。しみじみ感心するが、今は感心している場合ではない。とにかく分別の真実を知らせねば、いつか近所で糾弾される。

そう思って声をかけようとしたところ、突然父の手がぴたりと止まった。発泡スチロールだ。こ、これは難しい。父も思案顔で表面を叩いてみたりしている。硬いか柔らかいか考えているのだ。気持ちはわかる。確かに微妙だ。私だって迷うだろう。いや、本当は迷わないが、でも迷う気もする。一体どうするつもりか。すると、父は突然母に声をかけた。

「お母さん、これ捨てて」

そうか、と私は膝《ひざ》を打つ。「わからない物＝妻」か。さすが夫婦。今までもこうして母が父の間違いをフォローし、問題の表面化を防いできたのか。納得し、安心する私の前で母は淡々とそれを受け取り、そして「燃やせないゴミ用」のゴミ箱へ。ああああ。かーちゃんもちがーう。それはプラスチックゴミー。もうどうしていいかわからない。

もう一言　この後、ゴミの分別方法が変わり、事態はますます混迷。交ぜ書きを憎む私の前に「雑がみ」という分別表記が登場する念の入れよう。

濡れ衣を着せた朝

今朝、洗面所で顔を洗おうとしたら、床が濡れていた。あー、まただまただよ、どうしてこう何度も同じことをするかね。ちょっとお母さん、洗面所の床さあ、アレ濡らしたらちゃんと自分で拭いてよ、雑巾そばにあるんだからさ、ほんと頼むよ、という問答無用の抗議を母に行ったところ、それは実は母ではなく父の仕業であったことが判明。文字にするなら「…………」という感じの不穏な空気が、朝の家庭内に漂った。あら、ごめん。

それで話は変わるけれども、私は学生時代を寮で過ごした。その寮は「セキュリティー」という概念が存在しない時代に建てられた建物で、たとえば夜中に自転車

でやって来た不心得者が、その荷台を足場にして板塀をよいしょと乗り越えたら最後、もう渡り廊下の脇からどの部屋にも入り放題、という仕様であった。実際、夜中に忍び込んだ下着泥棒が、中庭にパンツなどを落としていくことが続き、やがて「夜十時以降は洗濯物を庭に干さないように」という規則ができたのだが、どう考えても問題の本質はそこではない。

案の定、事態はまったく改善されず、同級生のAちゃんなどは深夜、金縛りにあって目を覚ましたところ、それは実は金縛りではなく、男の人が布団の上に覆いかぶさっていたのだという。男は「騒ぐな」と声をかけたが、しかしその声が友人のB君のものであることにAちゃんはすぐに気づいた。暗闇の中、「B君？　B君でしょ」と問いかけると、相手はすぐに認めたという。

「それでさ、私、説教したわけよ。何があったか知らないけど、あんたの親がこれを知ったら悲しむよって。今なら騒ぎにはしないから、すぐに出て行きなさいって」

B君はうなずき、素直に部屋を出て行った。Aちゃんはそのまま夜明けを待ち、明け切ったところでB君の下宿へ電話をかけた。一体どういうつもりであんなことをしたのか、改めて問いただそうと思ったのだ。

その早朝電話ではいくつかわかったことがあったが、重要なところでは、B君が犯人ではないことがわかった。彼は女子寮に忍び込んではいないし、Aちゃんに覆いかぶさってもいない。完璧なアリバイもあった。「B君、すごく怒ってた。おまえはオレをそんなふうに見てたのかって」とAちゃんは言った。「そして怒りながら、ちょっと泣いてた」

ふだん温厚なB君の、その時の気持ちを考えると、私は今でも胸が痛くなる。どれくらい痛くなるかというと、もし誰かが私に「洗面所の床を濡らした」という濡れ衣を着せたとしても、B君のことを考えただけで即座に「許そう」という気になるくらい痛くなる。ああB君に比べたら。友達に痴漢呼ばわりされる悲劇に比べたら、洗面所の床など些細《ささい》なことではないですか。たかが水だ。ねえ、お母さん、お母さんもそう思うよね？

という声で心の中をいっぱいにしつつ、しかし声には出せず、「…………」の空気を静かに味わう朝。だから、ごめん、って。

引きこもりのつぶやき

年が明けてから全然外に出ていない。ずっと家にいる。おそらくは正月の「朝酒から昼酒を経て夜酒に至る」という夢のような生活がきっかけで、もともと希薄だった社会性が完全に失われてしまったのだ。風邪で学校を休んだ小学生がそれをきっかけに不登校になってしまう、という恐怖感に通ずるものがある。あ、いや、風邪と昼酒を一緒にしてはダメか。

とにかくずっと家にいるからテレビばっか見ていた。殺人事件が連日報道され、おかげで古舘伊知郎のことをしょっちゅう考えていた。キャスターの古舘伊知郎。彼は「報道ステーション」で司会をしているが、その冒頭、挨拶をしないのである。「こんばんは」と言わない。あの芝居がかった（という言い方がアレでしたら、感情のこもった）言い回しと態度で、唐突に事件を伝える。殺人事件ももちろん伝える。その姿を見ながら、私はつい「彼が凶悪事件を起こした場合」について考えてしまうのだ。当然、世間は大騒ぎをするだろう。取材合戦も半端ではない。私生活は暴かれ、道行く人々はマスコミに乞われるまま彼の印象を語る。

「そんなに親しくないけど、よく喋《しゃべ》る人だとは思ってたよ」「ちょっと思わせぶりなところがあったかな」「声は大きくて割と目立ったね」「よくわかんない比喩《ひゆ》をしょっちゅう使ってたなぁ」

そして全員最後にはこう言うに違いない。「でも挨拶はしなかったよ。毎晩のように顔見てるけど、挨拶なんてされたことないね」

ああ、恐ろしい。なんということだ。挨拶の有無が犯罪を語る上でいかに重要なものか、我々は嫌というほど知っている。テレビの中の犯罪者は、概《おおむ》ね「きちんと挨拶をする一見普通の人」と「挨拶もろくにしない、いかにもな人」に二分され、いかにもな方は往々にして「いつかは何かをやりそうな感じがしました」だったりするのだ。ニュースキャスターの古舘伊知郎が、それを知らないはずがない。自分だって毎日伝えてるんだから。

なのに自らは「こんばんは」を口にしない彼。犯罪者とならない自信か、あるいは何か特別な事情か。私の妹はスポーツの試合で逆転劇があるたび「今、この人（逆転された方）の家族が誘拐されたと連絡があって、それをネタに八百長を持ちかけられたのではないか」と疑うのだが、そういった感じの複雑な事情。前者なら彼の自信に感服し、後者ならその苦悩に深く同情する。そのどちらでもないのなら、世の中はなんと底知れないものかと頭《こうべ》を垂れる。

というようなことを引きこもりながら考えていると、月日なんてあっという間でもう二月。これ以外には、となりに住む妹に「この前、お宅から借りた片栗粉の賞味期限が二〇〇二年だったよ」と言われて驚き、「でも面倒だからそれ使った」と言われてさらに驚いた、ということくらいしか刺激はなかった。早く社会復帰したい。

（と書いた日からさらに数カ月。古舘伊知郎は唐突に挨拶を始めた。やはり世の中は底知れない）

もう一言　最近はほとんど「報道ステーション」を見ていませんが、先日たまたま目にした古舘伊知郎が浅香光代になってて驚きました。いや、メイクのせいだけど。でも似てたけど。

社会に戻れない

某日。

引きこもりのリハビリのため、一人で街なかへ出かけた。気を許すと人ごみにアガってしまって挙動不審に陥るので、なるべく平静を装う。それでも時折、前を行くお嬢さんなんかがチラチラと振り向いたりするのは、やっぱりあれかしら、リハビリ中だということがバレたのかしらとドキドキしていたところ、やがて自分が「ホイコーロー定食七百円」とか「二十四時間なんでも揃うお店」とか「あなたの耳は元気ですか」とか、目につく看板を次々声に出して読んでいることに気づいて戦慄《せんりつ》した。早く社会に戻りたい。

某日。

引きこもりのリハビリのため、友人を誘って二人で街なかへ出かけた。人が側《そば》にいるとさすがに看板を読んだりはしないが、テンションがやはり妙で、声もいつもより三割増し程度大きい。しかも、出がけに髪を梳《と》かして身だしなみを整えるという人間としての基本動作すらも忘れたことに気づき、「もしかして寝癖ついてない？　頭の後ろ、蜂の巣みたいになってない？　大丈夫？　蜂の巣じゃない？」と三割増しの声で友人に尋ねたら、近くで信号待ちをしていた若いおねーさんたちが笑いながら、「……蜂の巣？　鳥の巣じゃなくて？」などと言ってるのが聞こえて卒倒しそうになった。早く社会に戻りたい。

某日。

引きこもりのリハビリのため、友人数人と日も高いうちから飲酒。大人には歯を食いしばってでも朝から酒を浴びるほど飲まにゃいかん日があるのだ、という決意で飲む飲む飲む。

ほどよくへろへろになったあたりで、友人の身の上話を聞く。彼は私と同じ、「その筋のスカウトが青田買いにやって来る」という、ある意味超エリート中学出身なのだが、その彼が語る『俺の更生物語』。一度悪の道に染まりかけた男が、借金の取り立て先で禁断の恋に落ちたり、組管理のポーカーゲームを不正操作した高校生を懲《こ》らしめたり、人として最後まで指が揃っている奇跡に心震わせたりする、ラブ&バイオレンス&ファンタジー。

まあ結局は「結婚して落ち着く」という凡庸《ぼんよう》なところへ収斂《しゅうれん》されるつまんねー話だが、それでも「あのー、肩にぐるーっと巻きつく蛇の刺青《いれずみ》いれたいんですけど」と相談して奥さんに泣かれたという件《くだり》には涙した。あんたそれ全然更生してないし。

リハビリ終了は深夜。べろべろになって家に帰ると家族は寝静まり、猫だけが出迎えてくれた。嬉しくなって、「ただいまー。待っててくれたんでちゅかー」と近づくと、それは猫ではなくスーパーの袋。さすが昼酒は目にくるねえアハハハと一人笑ってから重大なことを思い出したんだけど、今うちでは猫なんて一匹も飼ってないのよ。ずいぶん前に死んだのよ。いやあ、社会に戻る以前に何かするべきことがある気がするけど、それが何かはわからない。

リモコンを買いに

　部屋のテレビのリモコンが壊れた。こういう時こそ超能力。私は子供の頃にユリ・ゲラーを知ってからというもの、超能力の訓練（ひたすら念じることによってテレビのスイッチを入れたり冷蔵庫からビールを目の前に瞬間移動させようと試みる）を日々欠かさず行っているのだ。それでテレビのみのもんたに向かって、「嫌。朝から何でそんなに威張ってんの。総括しなくていいから。あんたニュース総括しなくていい。自分で考える。怖い。お願い、チャンネル替わって」と一心不乱に念じてみたが、いかんせんこれが、全然ダメ。体力消耗するだけ。仕方がないので、リモコンを買いに行った。

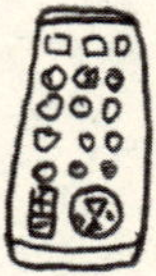

外はしんしんと雪。新雪の何が恐ろしいってつるつる路面が見えないことだよね、と思う間もなく駐車場で激しく転ぶ。どれくらい激しいかというと、持っていたバッグがぶうんと飛んで、よそ様の車のボンネットに載るくらい。そんでもって留め金が開いていたもんだから、財布や免許証や姪に渡そうと思って忘れていたカレーパンマンの人形なんかがあちこち散らばるくらい。痛い。ものすごく痛い。半分泣きながら所持品を回収し、よろよろと電化製品売り場へ向かう。電化製品売り場では、ぐわんぐわんする頭で、性能、品質、メーカー、その他を深く考慮した結果、一番安価なリモコンを購入。これおもちゃ？　というような値段に気をよくして、ついでに食料品売り場でビールも買う。が、ビール代金を払う時にレジ係の人が、リモコンの袋をちらりと見たのに気づき、「はっ！　もしかするとテレビを見ながらビールばかり飲んでいる怠惰な人間だと誤解されたのではっ！」と動揺、身だしなみにも気を配っているところを見せようと、慌てて衣料品売り場で下着も買った。しかし下着売り場では、「はっ！　テレビ見ながらビールばかり飲んでいるせいで太ってパンツのサイズが合わなくなったバカだと誤解されるのではっ！」とさらに狼狽《ろうばい》、押し付けるようにお金を払い、逃げるようにその場を離れた。逃げた先は階段脇の休憩コーナー。自動販売機でお茶を買い、ベンチにへたり込んで肩で息をしながら飲む。

何気なく横を向くと、今度は見知らぬおばちゃんがじっと私を見ていた。目が合うと、ずいっと身体を寄せ、「あんたヤマグチさんかい？」とささやくように尋ねてきた。「ヤマグチさんでしょ？　サカモトさんの。似てるもの」。言いながらどんどん近づいてくる。二人の距離は道端でキスするバカップル並み。反射的に立ち上がった私は、いえいえいえいえ、と自分がヤマグチ似かサカモト似かわからないまま、後ずさりするようにして階段を駆け下りたのだった。

そのような苦労の末に手に入れたリモコンは、しかし五日で壊れた。壊れたというか、時々機能を停止し、叩くと直る。現在は、「嫌。替わって」とみのもんたの顔を見ながらリモコンを力任せに床に振り下ろしつつ、時代が超能力から腕力へ移ったのをしみじみ嚙みしめているところ。

もう一言　テレビもリモコンも新しくなった今は、快適なテレビ生活を送っておりますが、ヤマグチ・サカモト問題は未解決のまま。

サトちゃんの取り扱い方

先日、友達のサトちゃんとお酒を飲みました。三年ぶり。皆様の多くはサトちゃんのいない人生をお過ごしでしょうが、万が一を考えてアドバイスをしますと、まず彼女との待ち合わせに遅れてはいけません。古くは合唱部、今現在はカラオケ教室で鍛えに鍛えあげた腹式発声でもって、人ごみの中、サトちゃんがあなたの名前を連呼するからです。「キーミーちゃーん！　こっちこっち！　キミちゃーん！」。そこで恥ずかしいからといって他人のふりをするのは禁物。次はフルネームで呼ばれます。ただ駆け寄ってください。

それから二人でお酒を飲みに行きます。酔っ払ったサトちゃん。残念ながらそれを形容するにふさわしい言葉を私は持ちません。しかし、今後サトちゃんと友達になる皆様のために敢えて表現するならば、「うるさい」。いや、素面《しらふ》のサトちゃんも結構うるさいんだけど、さらにうるさい。しかも時々とんでもない下ネタを大きな声で口走ります。制止はさらに強烈な下ネタを招くので我慢。我慢しているうちにやがて自然に話題は移り、移った話題を延々繰り返すあたりがいよいよ佳境ですね。今回は、「マッサージで『大丈夫ですか』としつこく訊《き》かれ、よほど全身が凝《こ》ってるのかと思ったら、『あの、よだれ垂れてますけど大丈夫ですか』って言われた」話を二千回くらいしてました。腹式発声で。

そうこうしているうちにサトちゃんも年ですね、注文した日本酒を飲むより倒す方が多くなってきます。もう目が見えていない証拠なので、タクシーで家まで送り届けましょう。

その際、気を利かして部屋の中まで付き添うと、感激して「ありがとう。そのまま上がって」と言って率先して土足で畳の上を歩いたりするので、それは阻止してください。すると「あんたは小心者だ。どうせ図書館の本も風呂で読めないんだろう」などと腹式発声で罵倒《ばとう》されますが、日本家屋内を土足で歩くことや図書館の本を風呂の湯気でへげへげにすることは人として正しくありません。堂々とサトちゃんの靴を脱がせ、叩きつけるようにソファに寝かせてお帰りください。

家に帰ると、あなたは世界の静けさに驚くでしょう。ただし耳の奥では、サトちゃんの腹式発声や下ネタがわんわんと鳴っています。その残響のおかげで、しばらくは彼女とお酒を飲むことを考えただけで、「サトちゃんと会う……………のか？」という気になりますが、やがて「？」が消え、「のか」が消え、「…」が短くなり、遂にはサトちゃんと会う行為が素晴らしいアイデアに思えてきます。そして彼女と過ごしている間は、ゲラゲラ笑いっぱなしだった事実も思い出します。私の経験上、そうなるまで三年。それで私はだいたい三年ごとにサトちゃんと会うのですが（それまでは誘いを断るのですが）、それをもって「友達なのに薄情」と思ったあなたは、一度本当にサトちゃんと酒を飲んでみてよっちゅう話ですね。いやマジで凄《すご》いから。

もう一言　サトちゃんの「恋愛話」もすごいです。鍛え上げられた発声で歌いあげられる、女のトキメキと切なさと情熱と純情と情念と下ネタ。とてもここには書けません。

五十肩と言われて

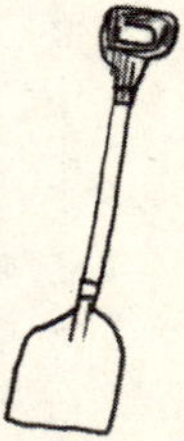

ぜんっぜん動かないで、一日に五時間くらいぶっ続けでパソコンゲームに興じたら、肩が痛くて痛くてたまらんようになった。それでゲームを放り出してマッサージに行くと、まるで生まれたての赤ん坊のような若い兄さんが私の肩をさわって、「あー、五十肩ですね」とサラリと言った。驚く私に、「これからもっと痛くなります。かなりです」などと恐ろしいことも容赦《ようしゃ》なく言い募《つの》った。

そういえばこの人は、世間話、本当に世間話としてですね、「手術後の傷がかゆくなるんですよ」と言った私に、「太りましたもんね。太ってお腹の皮が伸びたんじゃないですか」などと、シャレにならん返答をした過去もあり、さすが生まれたばかりの人間は世界のナニモノにも縛られない自由な発言をするものだと感心した後で、殴り倒したろかと思ったのだった。

それにしても五十肩。二十年くらい前、うちの母親の肩が突然動かんようになった時もそれだった。痛さのあまりトイレでの下着の上げ下げも不可能になり、私や妹がその任を務めた。当時、まだ学生だった私は、「そうか、五十肩克服にはパンツ係となる子供が必要なのか」と深く感じ入り、感じ入ったわりにはすぐに忘れた。それで子供どころか結婚もしないうちにうっかり今日の日を迎えたわけである。ああ、人生。

いや、もちろん今から頑張って結婚に挑む手もある、と赤ん坊兄さんに揉みしだかれつつ私は考える。そのためには、まず佐藤浩市が離婚するわけだ。離婚して我が家のとなりに越してきてハガキ持って挨拶に来て、それでちょっと憂い顔なの。どうしましたと尋ねると「いやあ、慣れない雪かきが大変で」とか言うから、「では私がお宅の分も」ってふだんは発揮したことのない力でもって二軒分の除雪。「なんて見事なスコップさばき」「それほどでも……」当然二人は恋に落ちるのだが、でもやはりそう簡単に物事は進まなくて、さまざまな方面からの妨害があって、「やっぱり無理よ、私たち」「何を言うんだ、俺は最後まで諦《あきら》めないぞ」なんてことになってうひひひひ、あ！　でもダメだ！　この肩じゃ雪かきできない！　だって五十肩だもの！　と動揺したあたりでマッサージ終了。はっと我に返った私は、なぜ今自分が独りでいるのか何となくわかったような気分で、赤ん坊兄さんに別れを告げ、とぼとぼと帰宅したのである。ああ、人生。

仕方がないのでパンツ問題は自分で解決する覚悟を決め、痛みの本格的到来を待つこと一週間。が、今のところその気配はなく、佐藤浩市の離婚報道もない。ただし痛いことは痛いので、もう一度マッサージに行くと、赤ん坊兄さんに、「あの、この前、五十肩と言いましたけど、四十肩かもしれません」と顔を見るなり訂正された。その時は気づかなかったが、後になって、もしかするとあれは赤ん坊なりの社交辞令だったかもと思い至り、その成長に胸がじーんとなった後で、やっぱ殴り倒さずにはいられんような気になったのだった。

もう一言　今はもう五十肩といわれようが六十肩といわれようが、動じない強い心を身につけました。「赤ん坊兄さんが四十になった時に、若くてかわいらしい女の子から『五十肩ですね』と言われますように」という呪いもかけてません。かけてませんってば。

中年カップル、ドームに行く

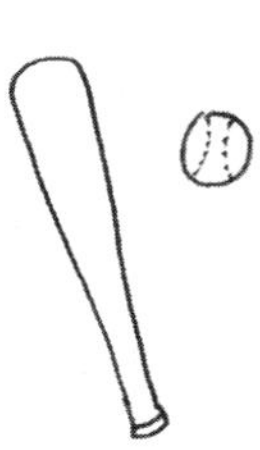

「小笠原を見に行こう！　日ハムではない、巨人の小笠原を！」と男友達に誘われて、札幌ドームへ行った。プロ野球オープン戦、日本ハム対巨人。巨人へ移籍した小笠原が初めてやって来るとあって、ニュースでは、「先頭の人は前日の朝四時半から球場前で場所取りをしていました」などとふざけたことを言っている。いくら娯楽の少ない冬の北国とはいえ、この寒空にそんな酔狂《すいきょう》な話があるかボケと腹を立てたら、本当だった。しかも球場は大盛り上がり。

どれくらい盛り上がっているかというと、ビールが買えないくらい盛り上がっている。階段状の通路のはるか下に売り子さんの姿が見えるのだが、それが我々の側《そば》まで上ってこないのだ。見ると、あちこちへ寄り道してビールを暢気《のんき》に売っている。いやまあ、そういう商売なんだが、待つ身としてはじれったい。「あんたが今売っている娘さんより私の方が百倍はビールを欲している！　絶対！」と手に力が入る。おまけにようやく現れた売り子さんは、「すいませーん、コップ切らしちゃったんで、すぐ戻るので待っててもらえますか？」と言い残して、猛スピードでどこかへ消える始末。

試合は既に始まっている。なのに酒もないまま呆然とグラウンドを見つめるしかない私たち。別の売り子さんが何人か通るが、さっきの人に義理立てして声をかけられない。どう見ても、詐欺に遭ったことに気づかず、「あの人、いい人だね」とか言ってる田舎者の中年カップルである。このままでは彼女を待つ間に試合が終わる、と悟るのに十五分かかった。

そこで、別の人に慌てて声をかけたところ、今度は「すいません、あと一人分しかないんですう」と言われ、詐欺被害者から一転、一杯のビールを分け合う貧乏中年カップルに。でもいいの、少なくたってビールだもの、さあ飲みましょう。「お先にどうぞ」「いやいや、そちらから」一杯のビールを譲り合いながら、友人がデパ地下で買って来たネギトロ巻きやきんぴらごぼうを膝いっぱいに広げる。ああ、すると何ということでしょう、たちまち気分は貧乏カップルから、心中を前に思い出の公園で人生最後のお弁当を食べる中年夫婦に進化したではないですか。食べながら、「お父さん、楽しい時もあったよね、ヒロシもハルコも立派に育ったし」とか、つい涙ぐみそうになる。

さらに、その辛気臭《しんきくさ》さを打破するため、まだ酒が残っている段階で今度はビールを大量追加購入したもんだから、遂には両手が酒で塞《ふさ》がったマヌケな中年アル中カップルが完成し、「あれ？　箸《はし》持てないよ？」って、一体我々は何をやっておるのか。

まあ何やってるかって野球を観てないのは確か。気がつくと試合はもう終盤で、肝心の小笠原も交代していた。でも彼がヒットを一本打ったのと、彼の後釜として三塁を守ったグリーンがエラーしたのは覚えてる。最後の最後まで客に野次られてたけど、あれは小笠原移籍の八つ当たりなので、グリーン君は挫《くじ》けないように。

もう一言　という私の願いも虚しく、グリーン君は不振と故障であっという間に日本を去ってしまいました。今はどこでどうしているのやら（アメリカにいます）。

春がやって来た

春だ。

凍りついていた和室の窓が難なく開き、そこから庭を見渡せるようになった。まあ庭っつってもとなりの家の庭なわけだが、土がところどころ見え始め、雪がずいぶん減っている。その嵩《かさ》が低くなった雪の上に小さな足跡がいくつもついているのがわかる。動物がよくやってくるのだ。

たとえば庭の隅にある木の根元では、夏の間、二年続けて野良猫が子供を産んだ。ふわふわの綿毛みたいな生き物がもそもそ動くのを、母猫が慈愛に満ちた佇《たたず》まいで眺める。その姿は数カ月前、闇を切り裂く大声で連夜発情をアピールしていた

のと同じ猫とは、とても思えない。あの切羽詰まった狂おしい声を聞くたび、「よし、おばちゃんに任せておきなさい。おばちゃんがあんたの相手を見つけてあげる」と夜中に中腰になったもんだが、無事に一人で相手を見つけることができて本当によかった。

猫の頭上に広がる枝には、バードテーブルが設置されている。別の近所の家では、飛んでくる鳥を飼い猫のクロちゃんが狙うため、「クロちゃんの食卓」と密《ひそ》かに呼ばれたバードテーブルだが、ここでは猫も鳥もお互い無関心だ。鳥はのびのびと羽ばたいている。

犬の姿もたまに見かける。大きな茶色いオス犬で、庭の真ん中で堂々とウ×コをなさっていたりする。丸い目をしたムクだが、年をとっていて糖尿病で目はほとんど見えない。若い頃に比べると尻尾もずいぶん痩せてしまった。好物はササミジャーキー。どうしてそんなに詳しく知っているかというと、うちの犬だからだ。うちの犬が脱走して、となりの庭でウ×コしてるの。見つけるたび全身の血の気が音をたてて引き、頭の中は新聞や週刊誌の見出しですぐにいっぱいになる。「一家惨殺発端は犬トラブル」「ペットブームの陰に無責任な飼い主」「生き残ったのは犬だけ」。そうなると大慌てで、犬・その他を回収に行かねばならないが、隣家は家族全員働いていて留守がち。「勝手に庭の花切っていいよー」とか言ってくれるおおらかな人たちではあるが、それでも無断侵入には変わりない。命がいくつあっても足りない。

人間の男女が現れることもある。二度ほど目撃した。三軒先のアパートに住む夫婦が、「やめて！　近寄らないで！」「うるせー！」「いやだギャーあっち行って！」「なんだとこのやろー」などと言い合い、妻が家を飛び出し、夫がそれを追い、走りに走ってなぜかその庭に入り込むのだ。彼らは他人の庭で、腕をとったり振り払ったりしながら大声で夫婦喧嘩の続きを行う。そういう時は猫も鳥も犬も一目散に逃げる。さすが生態系の頂点に君臨するものの迫力だと、私はつくづく感心する。

姿は見えず、声だけが聞こえることも多い。窓を開ける季節には、しょっちゅうだ。冬の間、閉めきっていた二重サッシを開け放ち、彼らの声を耳にすると、だから私は春を感じる。実はさっきも聞こえた。「何様のつもりよ！」と奥さんが絶叫していた。ああ、と私は思う。本当に春なのだ。

ゲジゴンの正体

某日。市民税を支払うために銀行へ行く車中、ふと「ゲジゴン」という言葉が頭に浮かぶ。納税という、人として正しいことを行う時であるからして、それが天啓であることは間違いないが、意味がよくわからない。「ゲジゴン、ゲジゴン、ゲジゴン」と繰り返しつぶやいてみても頭に浮かぶのは昔、ウルトラQに登場した怪獣「カネゴン」ばかり。全然違う。やけになって、「あんた知ってる？　カネゴンは一日にお金を三千百五十円食べないと死んじゃうんだよ！　かわいそうだからここに住まわせてあげなよ！」と窓口の銀行員に詰め寄りそうになる。

某日。友人たちと出かけた層雲峡《そううんきょう》温泉で、氷点下の戸外を短パン姿で歩く若者

を発見する。死んだ祖母が「狐が人間に化ける時はどこか一カ所必ずおかしい所がある。蓑笠《みのがさ》のつもりで竹ザルをかぶっていたり、振り袖に下駄を履いていたりする」と言っていたのを思い出し、彼は狐だと確信。私に正体を見破られているとも知らず、狐は悠々とコンビニに入った。きっと木の葉のお金で油揚げを買うつもりなのだろう。

某日。ふとゲジゴンは虫かもしれないと思いつく。たとえばゲジゲジのような。ただしゲジゲジより大きく足の数も多い。主食はネズミ。その勇敢な捕食姿からマニアも多い。愛称はゴンザレス。

某日。行きがかり上、セールス電話相手に人妻を演じる。「奥様でいらっしゃいますね」「は、はい（反射的に）」「奥様はインターネットを利用なさいますか？」「い、いいえ（本当は利用するが、正直に告げたら話が長くなりそうな気がして）」「では、どなたがご利用ですか？」「えーと、あの……お、男が（夫もしくは主人と言おうとしたが、今まで口にしたことのない単語なので思わず動揺して）」「そうですか、では男様は今日はご在宅ですか？」。プロ根性なのか人の話を聞いていないのか、彼女の淡泊さは一体どちらか。

某日。ふとゲジゴンは魚かもしれないと思いつく。たとえばゴンズイのような。

ただしゴンズイより小さく毒はない。目の上にゲジゲジ眉のような模様があり、その情けない風貌が全国的に人気。愛称はゴンザレス・ジュニア。

某日。耳掃除の最中、再び天啓があり、雷に打たれたように真実を知る。カネゴンが一日に食べるお金は、三千百五十円じゃなくて、三千五百十円！

某日。終日ゲジゴンについて考える。しかしどうしても思い出せず、疲労困憊《こんぱい》の末、とうとうネットで検索。こういうものは自力で思い出さないと負けのような気がするが、このままでは人生の貴重な残り時間がゲジゴンに費やされると観念した。その結果、アニメ『ハクション大魔王』に登場するガキ大将の名前であることが判明、人生の残り時間どころか今まで悩んだ時間を返してほしいと脱力する。しかもゲジゴン番長は「シャツに袴姿」って、あんたそれは典型的狐ファッションだろうと膝《ひざ》をつく今、午前二時。もう寝ます。

私の心を奪った酒場たち 2

「縄文酒場」

小皿一枚に至るまで、出てくる食器がことごとく欠けている。そこに例外はない。差別もない。強固な意志の上に成り立つ、威風

堂々の縄文式土器風佇《たたず》まい。

「晩酌セット」というのがあって、それを頼むと、ものすごく愛想の悪いオバチャンが焼き鳥を焼いてくれる。ギザギザの小鉢に冷や奴や煮物も盛ってくれる。そして、一切喋《しゃべ》らない。オバチャンはきっと怒っているのだ。もしくは心の底から懐かしんでいるのだ。何をかというと、かつて定食屋だったこの店を。そしてそれ以前にはお弁当屋だったこの店を。その証拠に、彼女は注文したものを全部一度に出したがる。焼き鳥も冷や奴も煮物もビールも全部一度に。

いや、まずビール飲みたいじゃないっすか。ビール飲みながら、肴《さかな》が揃うのを待ちたいじゃないっすか。でも、そうはさせてくれない。「先にビールください」と頼むと、「はあ?」とか言われる。確かに定食や弁当に「先に白いご飯だけ」などというシステムは、あまり聞かない。仕方がないので、オバチャンが一日も早くいろいろなことを諦めてくれるように祈りつつ、静かにビールを待つ。ちなみにビールジョッキだけは欠けていない。あれは厚いからね。

永遠とはかくなるもの

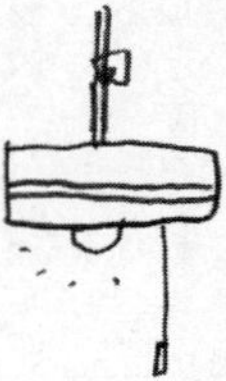

我が家の客間の照明が大変なことになってきた。最初の異変はもうずいぶん前のことで、なにやら「じーじー」音がし始めると同時に、部屋全体が突然ぼんやりと薄暗くなった。「あれ?」と思う間もなく、今度はチカチカと点滅を開始。なるほどそろそろ蛍光灯の交換時期であるとは思ったが、普段ほとんど使わない部屋ということもあり、そのまま放っておいた。

その間も異変は進んだ。まずチカチカの間隔が長くなり、「チカ」と「チカ」の間に暗闇が出現するようになった。押し入れからシーツなどを取り出している最中に最初の「チカ」が終わり、ふいに真っ暗になる。数十秒後に次の「チカ」が照らすのはわかっているが、その時に見知らぬお婆さんが目の前に正座していたらどうしようかと、暗闇の中で汗をかくことが増えた。さらには光度も格段に落ちた。点灯時でも新聞が読めないほどで、もうそれは既に「明かり」ではない。そこでようやく新しい蛍光灯購入に踏み切ったのであるが、買っただけで満足して納戸の奥にしまい込んでしまった。仕方なく、いっそこのまま蛍光灯の最期を見届けようと開き直ったのが、今から一年近く前のことである。

ところがあなた驚いたことに、その「最期」がなかなか訪れない。スイッチを入れても無反応、襖《ふすま》を開け放した隣の部屋の明かりでなんとか用事を済ませ、いよいよダメかと部屋を出ようとしたところで、おもむろに点灯する。あるいは諦《あきら》めて部屋を出て、茶の間でテレビを見始めた時に点灯する。もしくは部屋を出て、茶の間でテレビを見て、見終わって、風呂入って、「いやー、いい湯だった」とか言ってビール飲んでる時に点灯する。そういうことが続いた。この間は夜の十時半にスイッチを入れ、点灯したのが翌朝の八時半。二日がかりだ。

こうなるともう交換どころではない。なにしろ今、私が目にしているのは「永遠」なのだ。二日がかりがやがて一週間になり、一カ月になり、一年になり、百年になり、それでも諦めない限りはいつか光を灯す。そういう永遠の蛍光灯なのだ。

もはや奇跡。胸が熱くなる。もちろん奇跡の目撃者に私が選ばれた意味も重要だ。喪失の絶望に打ち震える人々に永遠の存在を広く知らしめ、希望を与える。絶えないものの存在を示すことで人心を救い、手を差し伸べる。おそらくそれが私の使命なのだろう。たとえばこんなふうに。

「あなたは何かを失うことを恐れてはいませんか？　恐れる必要はありません。永遠は存在するのです。信じ、脆《ひざまず》きなさい。私の前に。そして、この客間へ通じる襖を開けるのです。さすればあなたは永遠を目にすることができるでしょう（一回二万円）」

ものすごく儲かる気がして仕方ない。

ノリコとキミコの冷戦

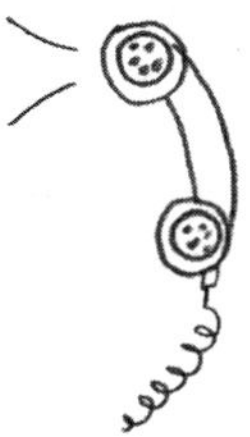

　ここのところ、長浜ノリコとの攻防が激しさを増してきた。長浜ノリコは推定年齢四十五歳、私の部屋に電話をかけてきては、「光回線いかがっすかー」と勧める電話会社の人である。ただし長浜ノリコは本名ではない。いつもきちんと名乗るのだが、それが聞き取れないので、私が命名した。
　長浜ノリコに向かって、私は毎回同じセリフを言う。つまり、「インターネットは利用しないのでわからない。わかるのは夫だが、彼は留守だ」と。もちろん全部嘘。ネットは利用し倒してるし、夫なんて人生のどの時点でも存在したことはない。しかし、最初に「奥様ですね」と決めつけたのは長浜ノリコなのだから、これは仕方がないだろう。長浜ノリコは私の嘘を聞き、「またお電話します」と言う。そして、数日後に「お電話」してきては、実在しない夫の不在を知らされ続けてきたわけだ。

ところが最近、その長浜ノリコの態度が微妙に変化してきたのである。電話の曜日と時間帯をずらし、そのすべてにおいて「夫」の不在を確認すると、「では、いつならご在宅でしょうか」と食い下がる。口ごもると、「日曜日はお休みでしょうか」と畳み掛ける。「いや、あの、休みの時とそうじゃない時と」「土曜日は？」「ど、土曜日は仕事で」「それは大変ですね。でしたら日曜日にまたお電話します」。長浜ノリコは静かに受話器を置く。「では」のあたりに今までにない強気の姿勢が、「大変ですね」のあたりに高みに立つ者の余裕が感じられて、私は悄然《しょうぜん》とする。長浜ノリコは何かを摑《つか》んだのか……。

まあ「何か」といっても、私の嘘に気づいたとかだが、そういえば電話を切る直前、長浜ノリコは小さく鼻で笑ったような気がする。あれは「あんたの嘘なんてお見通しよ」という彼女の勝利宣言だったのではないか。自らの圧倒的優位を確信し、「フフフ、とんだ猿芝居ね、北大路さん」と嘲《あざ》笑う。しかし表面上は素知らぬ顔で私を弄《もてあそ》び、やがて疲れ果てたところを見計らって、一気に契約を摑み取るつもりなのだ。

なるほど、と私は奮い立つ。ならばこちらは最後まで嘘をつき通すだけだ。なにしろ私は、スーパーのレジ係に夕食のメニューを見破られるのも嫌な人間である。天ぷらうどんの材料（うどん、エビ、椎茸等）を買いに行った時も、カゴの中身でそれと知られるのを嫌って余計なパン粉を購入した。エビフライの可能性を示すことでレジ係の攪乱《かくらん》を試みたのだ。その私が、嘘を見破られて黙っているわけにはいかないではないか。

かくして、世界中どこにも実在しない私の夫（推定氏名・北大路浩市）を巡り、長浜ノリコと私の闘いは本格的に火蓋《ひぶた》を切った。私の口から語られる北大路浩市は多忙な会社員で、家には寝に帰るだけ。先週末からは、とうとう盛岡に長期出張に出掛けた。「長期出張ですか……」、そうつぶやいた長浜ノリコの声は、しかしまだ力を失ってはいない。今はただ気を引き締めるのみである。

もう一言　ノリコとの勝負より北大路浩市の獲得に力を注ぐべきだったのでは、とも思います。

サイ問題、浮上

人はなぜサイの代わりにカバを勧めるのか、という問題がある。たとえば街を歩いていて、目についた店にふらりと入る。たいていは友達との待ち合わせまでの時間潰《つぶ》しとか、飲み屋が開くまでの時間潰しとか、そういった潰しの一環としての行動だが、せっかくだからサイグッズを探す。サイはいい。大きくて辛《しん》気《き》臭《くさ》くて色目が地味で、何から何まで私好みの動物だ。あの巨体が家で死んだらと思っただけで、始末に困ってドキドキする。実に刺激的。

それで、大好きなサイのグッズを探すのだが、まあこれがないわけだ。動物園の売店にもなかったし、一般の店にも当然ない。もちろん私は、諦《あきら》めずに尋ねる。

「これ（携帯ストラップでもペンでも手拭いでも何でも可）のサイはありませんか？」

「サイ……ですか？」

ほとんどの人は、ここで私を見るね。じっと見る。本気かどうか疑っているのだ。そして本気だと知ると、困惑した表情を浮かべながら、おずおずとこう言う。

「サイは、ちょっとないですね。カバならあるんですが」

いや、だからカバはサイじゃないだろう、って話だ。なぜサイを欲しがる人間にカバを勧めるかなあ。昔、飲み屋で「うずらたまごの串揚げ」を注文したら、「うずら切らしちゃったんです。だし巻き玉子ならできますが」と言われたことがあるが、それと同じ理屈なのか。じゃあ、カバ提案派はそれをよしとして、何の疑問も持たずに、唯々諾々《いいだくだく》とだし巻き玉子を食べるのか。って、まあ私は食べたんだけど、今となってみれば反省している。何しろ人間は弱い生き物だ。一つ許すと、どこまでも行く。代替品としてのだし巻き玉子がありなら、茶碗蒸しやオムレツもありだろうし、サイの代わりにカバを認めるなら、ここは一つゾウも認めろという話に必ず発展するはずだ。実際、サイの代わりにゾウを勧められたこともある。「サイはないですね。ゾウならあるんですが」って、だからゾウは全然サイじゃないだろう。カバより一層サイじゃない。

もちろん、サイとカバは似ている。体形といい色といい、遠目に見れば「仲間」という雰囲気だ。が、仲間ならそれで何でもいいのか、と私は強く訴えたいわけだ。ならば、クジラだって「哺《ほ》乳類《にゅうるい》」仲間だし、カブトムシだって「屋外で暮らす」仲間だ。そのあたりの線引きを、カバ提案派はどう考えているのか。全部ひとくくりにしてしまって本当に満足なのか。うずらたまごの代わりのだし巻き玉子は心の底からうまいのか。あんたそのへんどうなのよ。えっ⁉

しかし、私の熱い叫びは彼らには届かず、問題は拡大の一途をたどる。この間はとうとうネズミを勧められた。

「サイは置いてないんですよ。ミッキーマウスならありますが」

どれだけ入り組んだ細い糸をたどって、サイからそこまでたどり着いたのか。この問題の根は深い。

もう一言 いただきもののサイ柄手拭いが今一番のお気に入りですが、「なぜ手拭いにわざわざサイを……?」と思わないこともない。

だから私はやってない

私は今、大変ドキドキしている。母が入院したのだ。転んで骨を折った。四回目だ。この二年で骨折四回。すごいでしょう、などと自慢してる場合ではない。元から膝《ひざ》が悪くてすぐによろけ、その拍子に左肩を柱にぶつけて一回目。その治療中に階段で躓《つまず》き、肩をかばっての右手首が二回目。完治後、風呂場で滑って浴槽のふちに肋骨《ろっこつ》を強打して三回目。そして今回の膝が四回目。

外出先での怪我だったので、私は電話で知らせを受けた。その瞬間、胸によぎるある思い。

そ、そろそろ虐待疑惑がわきあがるのではないか。

だってよく聞くではないですか、同居の娘による虐待。「昼酒を飲んでいるところを注意され」「仕事のふりをして五時間ぶっ続けでゲームに興じているのを見咎《とが》められて」「二の腕が太いと指摘されたことに腹を立てて」「死んでもいいと思って突き飛ばした」。いや、突き飛ばしてはいないのだが、理由なんて私の場合いくらでも思いつく。そう考えたとたん、一気に様子がおかしくなった。

入院後、顔なじみの看護師さんに、「お母さん、また怪我?」と笑顔で言われただけで探られていると感じ、「それがそうでもないです」と意味不明な返答をする。医師への説明時に必要以上に「事故」を強調する。同じく「私はその場にいなかったので」と繰り返す。万が一の時に「挨拶はきちんとする人でしたよ」と言われんがため、病院スタッフにやたら愛嬌《あいきょう》を振りまく。しかし、「お調子者で、浮いた印象でした」ととらえられる可能性に気づき、突然無口になる。病院には散歩がてら毎日通っていたが、まるで「口封じのための見張り」のようだと不安になり、妹に相談する。妹は、「お姉ちゃん、バカ?」と笑いとばすかというと、姉妹なだけあって、「ないことじゃないね……」と二人病院のベンチでうな垂れる。その現場を通りすがりの看護師さんに目撃され、意味もなく動揺してガバリと立ち上がる。追い打ちをかけるように妹が、「私、あの人に保険の書類について訊《き》いちゃった」などと言い出したため、遂には保険金目当ての容疑までが浮上。「ああ、もうダメだ。いっそ自首して楽になろうか」って、だから何もしてないんだってば。

　そのような不穏な日々を過ごすこと三週間余、このたび母の転院が決まったことは大変な朗報であった。安堵《あんど》する私。新しい病院では心機一転、ごく自然に振る舞えばいい。そうすれば私は単なる患者の娘だ。問題なし。生まれ変わったような清々《すがすが》しい気持ちで転院先の診察に付き添うと、医師が胸のレントゲン写真に写り込んだ金具を指さして言うには、

「あー、肩も折った？　怪我だらけだね。最近のこと？」

「うわあっはははははい。あ、いえいえいえいえ」

　たとえば新聞に、同行した娘に不審な様子が見られたため事情を聴いたところ容疑を認めた、とか書かれる人って今の私みたいな人だと思う。

知っていますか「裏の人」

朝の三時半に、ふいに目が覚める。あたりはまだ暗い。もう一度眠ろうと目を閉じるが、既に頭の芯まですっきり晴れ渡り、睡魔の入り込む隙間はない。ああ、と私は諦《あきら》める。今、「裏の人」が疲れ果てて深い眠りについたのだ。

「裏の人」は、私と同じ日の同じ時刻に生まれた誰かである。私とその人は常に「差し引きゼロ」の関係にあり、綱引きの綱を引っ張り合うようにして生きてきた。いや、私だけではない。泣き虫には笑い上戸が、乱暴者には「仏のなんとか」と呼ばれる「裏の人」がいて、世の中の人すべてが二人一組で「満点」になる仕組みなのだ。小学生の頃、泣き虫の友達を見ていて気づいた。彼女はとにかくすぐ泣

いた。算数がわからなくても、ガキ大将に名前を呼ばれても、「コーヒーに醤油《しょうゆ》を入れるとコーラができる」という私の説が嘘だと気づいただけでも号泣した。彼女に謝りながら、私は思う。この涙は絶対一人分じゃない。「裏」には親が死んでも泣かない誰かがいるはずだ。

今も、たとえば明け方の布団の中で、私は「裏の人」のことをよく考える。私が酒飲みということは、向こうは下戸だろう。いや、最近は酒量が落ちたから、何かつらいことでもあって向こうは酒が増えているかもしれない。仕事はしているだろうか。集中力や勤勉さは思い切りよく譲ったので、出世頭の可能性もある。あるいは四回くらい結婚して子供も大勢産んで、パワフルに暮らしているか。私の覇気のなさからして、それも十分考えられる。好物は、私の嫌いなチーズとトマト。日本人なら、みのもんたも好きだろう。夜明けを待ちながら、私は考え続け、しかしふいに不安になる。もし「裏の人」が悪人だったら。

まあ悪人といっても私の善人度が低いので、せいぜい年寄り相手に「自宅で気軽にコーラが作れる機械」なんかを売りつける程度だろうが、それでもやる気のない私が昼酒飲んでる間に、やる気あふれる「裏の人」が詐欺を働いているかと思うと、心が痛む。「奥さん、これね、この機械、コーヒーにね、醤油を入れてこうやってボタンをポンと押す、押すだけでコーラになるんですよ、お孫さんも大喜び」

これはつらい。なにしろ自分の「裏の人」が原因で、世界中の年寄り宅に一台四十八万円(推定)のコーラ製造機が並ぶのだ。神妙な手つきでコーヒーに醤油を入れてスイッチを押すお婆ちゃん。期待して見守る孫。しかし、出てきた液体は、ただの醤油のコーヒー割り。とたんに困惑する祖母、泣きわめく孫、姑をののしる嫁、家庭崩壊……。

その光景を想像しただけで、私はふっと気が遠くなる。いや、気が遠くなったのではない。眠いのだ。私の弱気を受けて、「裏の人」が強気で目を覚まし、これからコーラ製造機を売りに行くのだ。ダメだダメだ、寝てはダメだ、世界の年寄りのために寝てはダメ。しかし無情にもまぶたは閉じ、哀れ私は眠りながらにして詐欺の共犯者と堕《お》ちてゆくのだった。

もう一言　最近の私のダラけぶりからすると、裏の人はますます元気と思われます。「もしやこの人が?」というお心当たりのある方、怪しげなコーラ製造機を勧められたという方は、ご一報ください。

開け、頭の蓋

母の高額療養費をアレしてコレするために、妹と二人、社会保険事務所へ出かけた。エプロン姿の窓口の人が、丁寧かつ熱心に説明してくれた。制度変更を跨《また》いだため新旧二種類の手続きが必要になり、さらには転院もあって、「少しわかりづらいかもしれません」と病院側からも言われていたのだが、全然そんなことはなかった。「少し」じゃなくて、まったくわからなかった。お姉さんの解説トークを聞き始めて三十秒で、頭の蓋《ふた》が鈍い音をたてて閉まっていくのはわかった。

経験上、いったん蓋が閉まってしまうと、相手の言葉はその上を虚《むな》しく滑っていくだけである。それではあまりに失礼なので、礼儀として「はい」「ほお」「なるほど」と相槌《あいづち》を打ったら、話はどんどん深い森に入り込んでしまった。戻ろうにも、振り向くのさえ怖い。でも相槌は打つ。昔、友達から「生返事八段・上の空五段」の段位を授かったことを思い出す。これか、こういうことか。

などと納得している場合ではない。頭の蓋はますます固く閉じる。こじ開ける術《すべ》はないかともがいていると、そのわずかな隙間に、窓口の人がしばしば発する「八万一千円」という言葉が引っかかり始めた。八万一千円。よし、これならわかる。お金だ。いろんな物が買える。まず、家のテレビの液晶部分にシミが浮き出てきたので、それを修理する。ゲーム機と新しい電子レンジも欲しい。そうすると八万一千円では心もとないが、大丈夫だろうか。確か「がっちり買いまショウ」では、設定金額を一円でも超えると商品は貰えなかった。「八万一千円」にも、何かそういった類の罠《わな》があるのではないか。……あ、そうだ！　消費税だ！　消費税込みなのか税抜きなのか、それがわからない！

「それで転院はいつでしたか？」

はっと我に返る。社会保険事務所で「がっちり買いまショウ」システムはないだろう。絶対ない。質問には妹が答えた。窓口の人も、もう妹しか見ていない。キラキラする瞳でトークを加速させている。きっと説明するのが好きなのだ。昔、路上で「愛とは小石だ。小石はどんなに小さくても靴に入ると痛い。愛もそうだ。どんなに小さくても痛いところが同じだ」というような自作の詩を朗読していた人がいて、ずいぶん説明好きな詩人だと思ったが、同じタイプかもしれない。もちろん毎晩、秘密のノートに詩を書く。

「高額療養費とは大岩だ。大岩はどんなに押しても動かない。高額療養費もそうだ。どんなに説明してもバカには動かせない」なんてね、ははは。

「お姉ちゃん」

妹に呼ばれてビクッとなった。自分がにやついていたことに気づき、慌てて口元を引き締める。「話、わかった？」

眼前に大岩が迫りくるのが見える。窓口の人の瞳は相変わらずキラキラだ。そのキラキラを見ながら私はじっとり汗をかく。知ってるくせに。バカにはそれは動かせないんです。

（もう一言）確定申告も大岩です。

東京酔いどれ日記

初日。

午後、酒を飲みつつ二年ぶりに上京。出発前にあちこちから届いたお約束メール「東京は夏なので都民全員アロハを着ています」「駅の改札に体脂肪計が埋め込まれ、一定数値を超える人は通行不能になりました」「羽田の到着ロビーでは係員に干支《えと》を申告すること」等々を鼻で笑いつつも、いかにも体脂肪率の高そうなおばちゃんが二人、駅の改札で引っかかっているのを見て青ざめる。夜も酒。

二日目。

昼からだらだらと酒。友人に連れられ、数年前に「凶」を引き当てた浅草寺へ行

き、再戦を挑む。が、見事に撃沈。「願望叶《かな》いがたし、病人おぼつかなし、失せもの出でがたし、待ち人来たらず、家作り・引越しわろし、旅立ち見合すべし、嫁とり・婿とり・人を抱える万事わろし」。私は今までの人生で四回ほど「凶」を引いているが（本当）、ここまでのものはなかなかない。さすが首都。いっそ「凶」などという詭弁はやめて、「死ねば？」と一言大書してはいかが。午後は動物園で、大好きなサイ見物。地味で辛気臭《しんきくさ》くて巨大で、サイは本当にいい。同じ理由でトドもいい。サイは私の目の前で三回もおしっこをした。もしや求愛か。

夜になって、『サンデー毎日』の編集長および編集者Mさんと酒。別件で上京していた札幌の友人J（出版社社長）も合流し、気がつけば、なぜか三人がかりで東京滞在を延ばすよう勧められている。「いやあ、無理ですよ」「え？　どうして？」「飛行機のチケットも取ったし」「うん」「人と会う約束もあるし」「うん」「泊まる場所もないし」「うん」「だから延泊は無理」「え？　どうして？」って、だからオマエら誰か一人くらいは人の話を聞けーよー。ヤケになって、結局チケット変更も宿も他人に丸投げして延泊を決定。留守番の妹にメールを送る。「東京滞在一日延びたから」「あら。ところでお姉ちゃんの出身小学校どこだっけ？」。なにそれ。全国的に人の話を聞かない病、大流行？

三日目。

昼も夜も酒。昼は蕎麦《そば》で夜は鮨。ここは東京という名の極楽かと思うが、気づけば目の前でMさんは編集長から説教くらいっぱなし。「何やってんだよ、まず公子さんに酒を注げよ」「編集者が先に飲むなよ、これが大先生だったらどうすんだよ」「オマエがタクシーで送ってくの。どうする、これがもっと偉い人だったら」「違うの、オマエが案内するの。大作家相手だったら大変だぞ」。その姿に、前日、とりわけ編集長が強硬に延泊を勧めた謎が、たちまち氷解する。えへへ、どうも、北大路です。皆様の練習台って呼んでね。

四日目。

「クローゼットに小さいお婆さんが正座してるの！」と言い張って無理やりホテルに泊めたMさんを早朝、見送る。その後、友人Jと朝食にビール。空港でもビール。夕方、家に帰ったら妹に「顔、黄色いよ、肝臓？」と言われるが、日焼けだと否定する自信はなし。

ごめんねお父さん

私は大変な親不孝者だと思う。

その日、父は早起きして、一人で山菜採りに行ったのだ。正確には、早起きして、犬の散歩を済ませ、犬にごはんをやり、自分も朝食を食べ、食器を洗って、一人で山菜採りに行ったのだ。その間、私は寝ていたのだが、もちろん今回の不孝のポイントはそこではない。そんな瑣末《さまつ》なことを気にするほど、私は狭量な人間でない。

山へ出掛けた父は、たいてい午後の早い時間に戻ってくる。そして、すぐに山菜の下処理を行い、収穫が多い時には近所にも配る。その際、マメに世間話に勤《いそ》しむ

ため、町内情報には異様に詳しい。「あそこの婆さんも性格キツいけど、それより娘だな。小姑。これが嫁・姑問題の原因。あと遺産かな」って、あんたは一体どんなみのもんたか。

町内活動の後は、スーパーへ。山菜と一緒に揚げる天ぷらの材料を買うためだ。もちろん父が料理する。買い物ついでに、入院中の母にも顔を見せる。すると、退屈している母はなかなか父を帰さず、「仕方ないから、ジュース奢《おご》って一緒に飲んじゃった」などということになる。それはそれで夫婦円満、まことに結構なことだが、思いのほか時間を食い、家に戻った頃には既に日も暮れかかっている。おお大変。そこで慌てて、犬の散歩。それから犬に晩ごはん。さらに人間のごはん用に、天ぷら作製。そうそう、お風呂も用意しなくっちゃ。あ、油料理の時は床に新聞敷かないと、公子にまた怒られる！

と、起床から十七時間余、まさしく孤軍奮闘して、ようやく完成した夕食を娘である私にふるまおうとしたところ、あんた私がいやしねえわけだ。とっくに飲みに行っちゃって。いや、そんなつもりはなかったのよ。私も朝起きてさ、犬にインスリン射《う》ってさ（糖尿病）、掃除してさ、洗濯もしてさ、母のところに洗った下着なんかも持って行ってさ、帰りに本屋で立ち読みしてさ、まあ仕事量は少ないけど、それなりに働いていたはずなのに、あれは何でかなあ、何の拍子かなあっていうか、たぶん携帯電話の普及が悪いと思うんだけど、本屋で友達から電話があって「飲みに行かない?」って、そりゃ行くよね。行ったら飲むよね。山菜のことなんて忘れてさ。そんで気づいたら真夜中よ。おまけに、でろでろに酔っ払ってんの。で、でろでろのまま家に帰って、水を飲もうと台所に立ち寄ったら、なぜか右足が異様に冷たい。見ると、父が蕗《ふき》を水に浸けててね、知らずにそのボウルに足突っ込んじゃったのよ。暗いから。ていうか、酔ってるから。もう靴下も何もかもびしょぬれ。

もちろん面倒くさくてそのまま寝たのだが、朝起きると、例によって一人で朝食をとっていた父がニコニコ言うわけだ。「山菜いっぱい採ってきたから、公子も食べれ!」。そして、私が思い切り踏んづけた蕗をもりもり頬張っているという、その姿を見てですね、私の親不孝者認定に異論を唱えるものは、よもやいるまい。

人生の不思議

後になって知ったことだが、その日、元同級生のA子は恋人に別れを告げられ、涙にくれていた。恋人は若く、一人称は「おいら」だった。

「おいら、A子さんにはいつも世話になってます」。一度三人で飲みに行った時、彼は私に向かってそう言った。それから、「おいら、冷や奴にも刺し身にも醤油《しょうゆ》つけないんです」と言って、本当に何もつけずに鮪《まぐろ》の刺し身をもりもり食べた。帰り道、A子に「彼のこと、どう思う?」と尋ねられたので、「どうもこうも、あんた旦那いるじゃん」と答えると、「……でもまだ恋がしたいの」とつぶやいた。面白い冗談だと思ったので大笑いしたら、A子は目を潤ませてじっとうつむいた。

彼からの最後のメールには、やっぱり「お世話になりました」とあったそうで、一体何をそんなに世話したのか訊《き》いたところ、「………お金?」。絞り出すような声で泣いた。

＊

また、これも後になって知ったことだが、A子の失恋と同じ日、別の元同級生B子の家には、孫が生まれていた。今までB子とは、さまざまな人生の報告（妊娠・結婚・出産・旦那の浮気・子供の入学・旦那の失業・子供の進学・旦那のアル中・子供の卒業・就職・結婚等々）を受け、しかし自分からは何一つ報告すべきことがないという関係を築いてきたが、事ここに至って、孫。感想を尋ねると、「私は十八歳で娘を産んだから、これでも遅い気がする」などと、懐の深さを見せつけた。

B子は、「孫の名前は、その奇妙な字面が暴走族時代を思い出させて懐かしい」「今後は旦那と二人で静かに暮らす」「でも旦那、また仕事辞めた」というようなことを一気に喋《しゃべ》り、そして最後に、「私はもうやること全部やって余生って感じだけど、公子の人生の本番はいつ?」と、とんでもないことを言いくさって笑った。

＊

その私はというと、同じ日、まるで呪《のろ》いにかけられたような睡魔に襲われ、昼食の後、三時間ほどみっちり昼寝。空腹で目覚めるという事態に、これは育ち盛りなのだろうと判断し、「じゃがりこ」一気食い。のどが渇いたところで、友達に電話をかけて、ビールの誘い。さらに夜も更けたところで、友達の家で焼酎飲みつつ煎餅食べてたら、「ちょっと！　こぼさないで！　公子さんが帰った後、いっつもお菓子ボロボロこぼれてて、それを猫が拾って食べるんだから！」と、一回りも年下の人間にものすごい勢いで説教されていた。

＊

たとえば人生の一時期、同じ教室で机を並べた人間が、まったく別の道を行くのは当然として、しかし我々三人を同じ年に世に送り出そうとする時、なんかこう、もうちょっとうまい具合に足したり混ぜたり薄めたりして、いろんなことをちょうどよくはできなかったのかと思うのですが、そこんとこどうなんでしょう、やっぱ無理なんでしょうか神様。

もう一言　我々の人生は離れるばかりで、ついに音信不通になりました。でも今日も元気に恋をしたり孫を生んだりしてると思います。孫は生まないか。

ある晴れた日に私は

よく晴れた日曜日の午後、入院中の母から電話。

「あ、公子かい？　今何してる？」

今？　えーとね、今っていうか、今朝はね、早くから近所の小学校で花火がバンバン上がりくさって、それが何かっちゅうとね、運動会。運動会の合図なんだけども、あれって私が小学生の時も花火で、三十年以上経《た》った今も花火って、一体どうなの、お母さん。全然進歩してないんじゃないの。「人類の進歩と調和」って何だったの。まあ私は、いくら携帯電話が進化しようが、新幹線の速度が上がろうが、「モヤシの簡単ヒゲ取り機（九百八十円）」が開発されるまでは、一切、科学というものを信用する気がないからいいけど、それにしても二十一世紀に花火って。ねえ。

などと文句たれながら、起きてみると、外は快晴。こりゃ最高の運動会日和だってんで、散歩がてら覗《のぞ》いてみると、グラウンドはもちろん、学校横の児童公園にもみっちりシートが敷かれてて、やる気のない父兄が午前中から、そこでガンガン酒飲んでやがんの。オマエら何しにきたんだ？　とか思うけど、あそこの公園の隣は酒屋でしょ、天気もいいしさ、気持ちはわからんでもないと思って私もビール買ってさ、知り合いなんて一人もいないけど、飲みながら運動会見てきたよ。小さいのが走ったり踊ったりしてた。

しかし、お母さん、昼酒っちゅうのはキクねえ。何であんなにキクかねえ。やっぱあれかね、全然関係ないのに一人で盛り上がって、一気にビール二本飲んじゃったからかねえ。おまけに酒屋で買った魚肉ソーセージとかっぱえびせんをつまみにしたら、あれもホント不思議。面白いように腹がふくれるね。でも、面白がってる場合じゃないの、今、個人的に体脂肪撲滅月間だから。そういや、この前、体脂肪対策の一環として友達とプールに行ったら、利用者の平均年齢が高い高い。どう少なく見積もっても七十歳くらい。その人たちが、「ちょっとタナカさん、今日は若い人いるわ、二人も」とか、我々を指さすので、何かエキスでも吸われるかと思って肝が冷えました。

とにかく、あんまり腹一杯なんで、家に帰って何気なく体重を量りましたら、これが案の定。もしやポケットの携帯電話の重みかなと思って、それを取り出したりね、でもまだ予定よりかなりアレだから、もしかすると服かなと思って服も脱いでね、いやこれはやっぱジーンズかってジーンズもね、なのにまだまだ予定とはズレてて、きっと眼鏡が二キロくらいあるんだ、って眼鏡はずしたら、うわー体重計の表示が見えねー！　だってよ、あはははは、バカだわたしー。とかやってるところに、この電話が鳴ったので、「父ちゃん、ゴルフからまだ帰ってきませんように」と祈りながら、パンツ一丁で今、お母さんと話しているところなんだけど、説明すると長くなるので、

「えっとね、仕事してる」

母の中で私は日曜日も頑張る働き者の娘です。

もう一言　宇宙船は飛ぶわ、携帯電話が道案内するわ、電気炊飯器なのに羽釜だわ、というこの時代にモヤシのヒゲを手で取るなんて、悪い夢を見ているようです。

皺だらけの神様

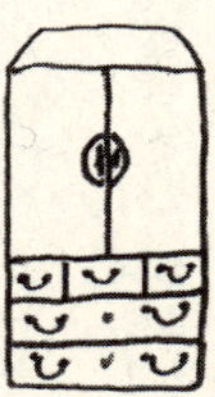

古い簞笥《たんす》の裏には小さな守り神様が隠れているのだと、昔、祖母はよく言っていた。とても小さな優しい神様で、人間が寝静まった後に、物陰からそっと現れ、家の中を見回ってくれる。だから神様のために夜は早く寝なくちゃいけない、というのが祖母の口癖だった。私は素直に毎晩八時には布団に入り、そして神様のことを考えた。小さな神様というからには、きっとまだ子供なんだろう。なのに一人で寂しくないだろうか。おなかだってすくだろう。気の毒になった私は時々、おやつの残りを簞笥の横に置いて眠った。朝になると、おやつはきちんと消えていた。

神様は、家のことなら何でも知っていた。宿題のプリントをなくした私が泣きながら捜していると、祖母は「守り神様に聞いてみようかね」と言って、なにやらゴニョゴニョと口の中で唱える。外国語のような、あるいは古い歌のような響きのそれは、「特別なまじない」なのだと言った。そのまじないはよく効いた。朝になると、たいてい捜し物はきちんと枕元に並べてあって、私は大喜びで祖母に報告した。祖母も皺《しわ》だらけの顔でくしゃくしゃ笑い、私はお礼にまたおやつをこっそり供えた。

もちろん、そんな時は長くは続かない。順調に色気づいたり、調子づいたり、見事にグレていく幼なじみにぼうぜんとしているうちに、私は箪笥の裏の世界のことは忘れていった。夜更かしも当たり前になり、やがて祖母もこの世を去った。

ずっと忘れていた。思い出したのは、つい数日前だ。例によって捜し物をしながら、ひょいと机の裏側を覗《のぞ》いた時のことだ。古ぼけた箪笥。陽に焼けた畳。おやつの大学芋の黄金色。突然の記憶に、瞬間私はたじろいだ。祖母の口元。歌うような抑揚。そうだ、私はとうとうあの「特別なまじない」を覚えられなかったのだ。思ったとたん、まるで暗闇に放り出されたような心細い気持ちになる。私は何も知らないまま大人になってしまった。神様も祖母も置き去りにして、大人になったのだ。もう一度、今度はゆっくりと机の裏側を覗き込む。子供じゃなくてもいい、祖母に似た皺だらけの優しい神様がいないかと思ったが、ただ薄暗い空間が横たわるだけだった。

……という、でまかせをね、さっき思いついたんですけど、それは、この前友達からもらったというか預かったというか、そういう大事な落語会のチケットを秒でなくしましてね、それが捜しても捜してもアンタ出てきやがらねえ。もう嫌んなっちゃって、そんで適当にウソついちゃえと。婆ちゃん死んじゃったし、もう見つからんから許してと。そういう方向で納得してくれないかなあと思って書いてみたんですけど、やっぱ無理かなあ。ていうか友達もね、私に大事なものを渡してアルコールを振りかけたら化学反応で瞬時になくす、ってことをいい加減覚えろよと。何年一緒に酒飲んでんだよと。そんな逆ギレな今日。

もう一言　昨年の夏には、渡されたばかりの仕事用の本を十冊ほど失くしました。ビアガーデンと居酒屋二軒をハシゴした日でした。化学反応に例外はないのだと思いました。

大量のあの人

その日、地下鉄で年配女性が息子の嫁について、しきりに友人に訴えているのを見た。「うちの嫁さんなら、なんもかんも全部『体質』さ」「うん」「朝起きられないのも体質、好き嫌い多いのも体質」「うん」「体質だっちゅわれたら、何も言えなくなるべさ」「うん」「あたしがあげた化粧品も体質さ」「うん」「体質だからっちゅって返してくるのさ」「うん」「あんたそれどんな体質さ」「うん」。聞き役の女性は、あまり楽しそうに見えない。前を向いたまま機械的に相槌《あいづち》を打っている。化粧は濃い。服は赤。細木数子に似ていた。

それとは別のある日には、外出ついでに蕎麦《そば》屋でひとり昼食をとった。いつもの癖で「ビールも」と頼みかけたところで、車を運転してきたことを思い出す。「ビッ……」と奇妙な具合に黙り込んでしまった私を、注文係の店員さんがじっと見た。白い割烹着《かっぽうぎ》に白い頭巾。ペンを持った右手の薬指に指輪。まだ若い女の子なのでまさかと思ったが、細い眉をひそめて注文を待つ、うつむいた顔が細木数子に似ていた。

さらに別の日。母の見舞いのために、よく晴れた空の下、車を走らせる。ここの六月は本当に美しい。緑が繁り、街は明るく、空はあくまで青い。雪に閉ざされた冬を乗り越えた、ご褒美のような季節だ。それをたっぷり味わうために、窓は全開にした。あまりの幸福感に、十一月を撤廃し六月を二度実施する、「六月年二回法案」を提唱しつつ今度の参議院選挙に出馬するというのはどうだろうと考える。良識の府。ふと見たとなりの車線のライトバンでは作業服姿の中年男性が大欠伸《あくび》をしていた。無精髭が目立つ。信じがたいことに、その横顔が細木数子に似ていた。

その何日か後には、近所のスーパーへ買い物に行った。入り口に茶色い犬が繋がれていて、誰かれ構わず尻尾を振る。犬は小学生の男の子が「ポチ」と声をかけるとわんと鳴き、私が「ハチ」と呼んでもわんと鳴いた。ひと撫《な》でしてから店に入る。中では、見知らぬお婆さんに声をかけられた。「これは普通の納豆？　それともひきわり?」。正解を教えてあげると、丁寧に礼を言ってレジに向かった。もうおわかりだと思うが、その思いの外、堂々とした後ろ姿が、細木数子に似ていた。

このことが一体何を意味しているか、私にはわからない。わずかひと月ほどの間に、大量の細木数子。偶然であってほしいが、そうではない気もする。もしかするとこれは予兆かもしれない。たとえば、すべての日本人が、いずれ遺伝子的に細木化していく運命にあることの予兆。その考えに私は戦慄《せんりつ》し、そして慌てて首を振る。「老いも若きも男も女も、我々はいつか完全に細木数子に帰結する」。はっきりと、そう言葉にしてしまった瞬間に現れる、仄《ほの》暗い絶望へと続く道。それを見据える勇気は、私にはまだないのだ。

そうよ私は四割減

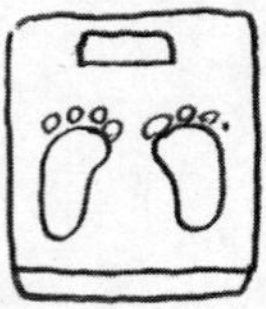

遠からずこの日がくるのはわかっていたけれども、今朝、いよいよ体脂肪率が四〇%を超えたので、報告したい。見なかったことにして伏せておこうかとも考えたが、中学校の時、万引きした同級生が生活指導の先生から「現実はオマエが認めようと認めまいと目の前に横たわっているのだ」と詩的な説教をされたのが心に残っていて、それなら私もここは一つ詩的に現実を認めようかと。まあ、これのどこが詩的だっつう話だけど、なんかまだ動揺しててさ。

しかし、四割が脂って。どうしてこんなことになったのか。私だって悪い人間じゃないんですよ。挨拶もするし、ゴミも分別するし、税金も納めてる。去年の自動車税なんて延滞金まで払ったんだから、人より立派だ。なのに四割。もしかすると機械の故障かと思って、妹をおびき寄せて測定させたら、二五％だった。はあ？言っておくけれども、妹と私は、身長も体重も体形もほとんど同じだ。さらに言うなら、声はそっくり。でも顔はあんまり似ていない。性格は妹の方が小心者で、私の方が執念深い。どれくらい執念深いかというと、十年以上前に、近所の酒屋の自動販売機の下に百円玉を落としたのをいまだに覚えていて、通りがかるたびに覗《のぞ》いてみるくらいだが、それは今は関係ない。とにかく、そのように似た体形の二人が機械様によると、妹が「理想的な体形」で、私が「肥満体形」って、あんた何それ。見た目ほとんど一緒で、何その差別。

ずっと一緒だと思ってたのに。
ごらん、いつの間にかずいぶん遠くまで来てしまった。
気づかなかったの。そっくりな二人、こんなに成分が違うなんて。
そうね、あなたがセデスなら、私はバファリン。
その半分が優しさという名の脂。

……今、改めて詩的に攻めようとして大失敗したわけだけど、とにかく繰り返した測定の結果、機械様は壊れてはいないことがわかった。そして、その壊れていない機械様によると、私の身体はやっぱり脂が四割。困ったなあ。しかも機械様は、体重や内臓脂肪はこれ以上減らす必要なし、とおっしゃる。くどいようだが、そんなむちゃな話があるのか。あるらしい。あるからこんなことになっている。

動揺収まらず同じこと何回も言ってる気がするが、いずれにせよ、今から私は脂肪分四〇%の人間として生きていかねばならぬのだけは確かだ。その道は厳しい。見知らぬ娘さんに足を踏まれても、その四割が脂肪という後ろめたさに、抗議の声も四割方低くなろう。マッサージに行っても、心地よさは四割マイナスだ。万が一、佐藤浩市に肩を抱かれても、ぬくもり四割減。

何という過酷な現実。横たわる現実のあまりの険しさに、私は思わず拳を握りしめる。もちろんその拳も四割は脂肪。どこにも救いのない世界に、私は今朝、降り立った。

もう一言　この原稿を書いた後、なにもかもが嫌になって体脂肪計測自体をやめたので、今、私の心は平和です。

時の流れに身をまかせたら

　母が退院した。入院したのが三月のことだったから、三カ月余りの病院生活ということになる。短かった。あ、母にとっては長かったのか。なにしろ雪のなか親類の通夜に行ったはずが、そのまま怪我をして入院。手術して、安静にして、リハビリして、転院して、さらにリハビリして、最後には同室のおばちゃんと喧嘩までして、晴れて退院と思ったら、季節はもう夏だ。通夜どころか、四十九日もとっくに済んでいる。故人も化けて出るべきところは、すべて出終わった感すらある日数だ。

　しかしまあ、私としては短かった。忙しかったのは入院当初だけで、これはおもに電話対応だ。噂を聞いた親類や知人に、なるべく詳しく状況を説明する。「ええ、怪我したんです」「入院して手術して」「ちょっとした事故で」「車から降りようと足を着いたところで、車が動いてしまって」「それで転んだ拍子に膝《ひざ》の骨が折れて」「もともと脚が悪いもんで」「いや、口は相変わらず達者で」

誰かに一度説明すると、それを聞いた別の人が確認の電話をくれるから、そこでも同じ説明を繰り返す。「ええ、怪我して」「手術して」「車が動いて」「転んで」「骨折して」「膝の」「口は」。いやあ語った語った。最後にはその場にいなかったにもかかわらず、まるで見ていたかのような報告（縦じゃなく横にひねるようにして倒れたんですよ。こう激しくねじれるように。その時に骨がグチャッと潰《つぶ》れる音が聞こえて）ができるくらい何度も語った。あまりの臨場感に「ひっ……」と喉を詰まらせる人まで出現し、これで食っていけるかもとすら思った。

が、そんな活躍も二週間ほど。その後は、洗濯物を取りに行ったり、本を届けたり、母の昼食のあんかけ焼きそばを横取りしたりといった、平穏な日々を送ってきたのである。家と病院の真ん中に大きなショッピングセンターがあり、よく夕飯の買い物をして帰った。一度、店内の郵便ポストに、「こんなところにあったのかー」とつぶやきながらハガキを手に近づいたら、それはポストではなく消火栓で、近くの買い物客がいっせいに肩を震わせたということがあって、その時だけは「こんな生活もうイヤだ」と絶望したけれど、それは母の入院とは関係ない。

つまりは極めて平穏な三カ月余であったのだ。あくまで表面上は。そう、その平らかさが錯覚であることを、まさに退院の当日、友人からの一本の電話で私は知った。友人は深刻な声でこう言ったのだ。

「お母さん、ひき逃げに遭ったんだって？　Aちゃんに聞いた。自転車乗ってるところを横から。それで頭打って手術して、自転車は潰れてぐちゃぐちゃだって」

帰ってきた。ところどころに我が子の面影を残し、三カ月前の私の語りが鮭のように育って帰ってきた。なんという奥深さ。見えないところで思わぬ熟し方をする時の流れの実力に、私は感動を隠せない。

もう一言　先日は「お風呂で滑って湯船に頭から突っ込む」という目に遭った母。よく死ななかったものだと思うが、いつかとんでもないところで死んでる彼女を発見するのではないかと思うと、心休まらない。

風邪引きの一日

03：33　喉の痛みと鼻詰まりと咳に襲われ、明け方目が覚める。久しぶりの風邪。布団に入ったままテレビをつける。三時三十三分。「ゾロ目信者」の喜ぶ時間だ。ゾロ目信者はこんな時、心の中で願い事を唱えるそうだ。すると願いが叶《かな》う。ただしゾロ目にも格があり、大学時代の先輩は「一番は十一時十一分」と言っていた。何がどう「一番」かはわからない。

07：46　咳にやられてぐったりしていると、「今日の乙女座はスタミナばっちり！　新しいことにどんどんチャレンジ！　健康運が最高！　いい一日です！」と、テレビの人に励まされた。

08：42　朝食後、「絶対眠くならない！」という謳《うた》い文句の風邪薬をのむ。

09：42　死ぬほど眠い。もしや罠《わな》か、敵の罠だったのか、と薄れる意識の中で布団へ移動。最期の言葉は、「た、謀《たばか》られたか」。

13：17　電話で起床。寝すぎだろう。敵め。
13：18　電話は間違い電話。相手の女性に間違いであることを告げると、「は？　あんたの声、辛気臭《しんきくさ》くて何言ってるかわかんないわ」と、猛烈な逆ギレで風邪引き声を糾弾された。
14：49　知り合いから電話で、昔の借金を返したいと言われる。素直に喜ぶが、すかさず「それは来月から振り込むから、とりあえず今日十万貸して」と言われる。たたっ切る。
14：50　憎い。なにもかもが。
14：55　とりわけ二番目の電話が。
15：00　どうしてくれよう。
15：05　思案の末、ゾロ目教の力を借りて今夜十一時十一分、呪《のろ》いをかけようと決意する。たとえばヤツが買い物をしたら、生涯釣銭をごまかされ続ける呪い。初めての挑戦だが、「新しいことにどんどんチャレンジ！」だから大丈夫だろう。
19：00　呪いに備えて、清めの飲酒開始。いや、清めちゃいかんのか？　よくわからないが、とりあえず開始。鼻水はたれるし咳き込むしで弱気になるが、「健康運が最高！」なので大丈夫だろう。

20：33　念のため「絶対眠くならない！」風邪薬を飲む。
21：33　泣くほど眠い。
21：54　敵め。
22：09　眠気覚ましも兼ねて、テニスのウィンブルドン選手権を見る。見ているうちに、私はこの大会に出ることも、甲子園のマウンドに立つことも、横綱になって土俵入りすることもなく死ぬのだと気づいて悲しくなった。人生の目標が何ひとつ達成できていない。今からでも間に合うものはないだろうかと友達にメールで相談すると、「体脂肪が四〇％もある人間がスポーツを語るな」と冷たく返信。憎い。なにもかもが憎い。
23：10　呪いの相手を二人に増やし、デジタル時計の前で、いよいよの瞬間を待つ。ドキドキする。
23：11　……。
23：12　………あ。
23：13　…………そうか。「11：11」じゃなくて「23：11」って表示されるのか。
23：47　何事もなかったかのように飲酒続行後、就寝。最期の言葉は、「う、占いなんて」。

かくして一日は過ぎ去る

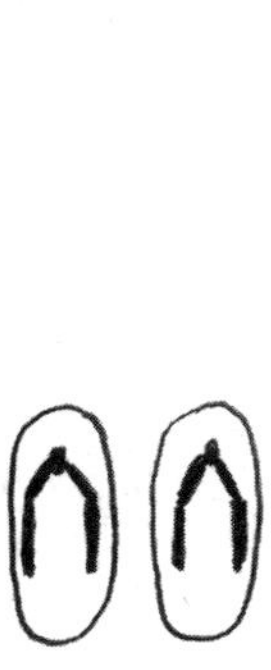

朝はたいてい七時半頃に目を覚ます。十分ほどごそごそしてから起き出すと、髪の毛がすべて立ち上がっている。昨夜、風呂の後、濡れたまま眠ってしまったのだ。その逆立つさまは、まるで天に向かって手を伸ばし救いを求める民草《たみくさ》のよう。「神様、我に幸福を！」。口々に叫ぶ民草。それを、いや君ね、幸福とは空から降ってくるものではないのだよ、と洗面所で説得し、六割ほどを沈静化させたところで外へ出る。

外では、幼稚園児とその母親が、賑やかに幼稚園バスを待っている。若い幼稚園児母たちは朝からおしゃれをしていて、挨拶も爽やか、私にはその真っ当さが眩《まぶ》しくて正視できない。それで隠れるようにしゃがみ込み、こそこそと飼い犬にインスリンを射《う》つ。糖尿病なのだ。その間にバスは行く。が、ホッとしたのも束の間、隣家に住む妹が「おはよー」と声をかけてきて、振り向くと幼稚園児母たちと一緒に立っていたりする。妹も彼らの一員なのだ。私は激しく動揺し、「わ、ほ、は、よ」などと口走る。「寝癖すっぴんよれよれTシャツジャージ死んだばーちゃんの草履《ぞうり》」という本日のいでたちが頭を駆け巡り、さらに幼稚園児母がそれらを順に目で追うのにも気づく。とたんに恐ろしくなって、「あ、う、ご」と言い置いて家の中に姿を消す。

昼はたいてい家にいる。仕事をしたり、仕事をしているふりをしたり、昼寝をしたりしているうちに、何かつくづく悲しくなって近所の酒屋にビールを買いに行く。帽子を忘れて出たが、幸い時間とともに民草の声は小さくなりつつあったので気にしない。途中、マンションのベランダで布団を叩く若い女性と目が合う。会釈をされたが、見知らぬ人だ。戸惑って、「え？　お？　私？」ときょろきょろしているうちに引っ込んでしまった。ビールを買って帰る段になって、彼女が朝会った幼稚園児母の一人であることを思い出す。

夜はたいてい酒を飲んでいる。家でも飲むし、よそでも飲む。よそで飲む場合、今の時期は「夜になると気温がどこまで下がるか」というのが大問題で、上着を持つべきか昼間と同じ薄着で攻めるべきかで大変迷い、迷った末に失敗する。酒はわりとたくさん飲む。飲んで、脳みそがしっぽりアルコール漬けになったあたりで、ただのお荷物と化した上着を帰りのタクシーに忘れたりする。真夜中、わざわざ戻って上着を届けてくれた運転手さんに家の前で何度もお礼を言っていると、騒がしかったのか、近くの家の窓からじっと誰かが覗《のぞ》いているのに気づく。慌てて家に入り、飲み疲れた身体に鞭打ってシャワーを浴びる。その最中は目が覚めたような気がしたが、身体を拭くとすぐに眠くなり、髪の毛が濡れたまま力尽きる。

という暮らしを続けていると、入園から三カ月ほどで「……お姉さんって何?」という小声の問い合わせが、幼稚園児母たちから妹のもとに面白いほど殺到するので、皆さんも一度お試しください。

もう一言　「お姉さんって何?」に対するはっきりとした答えがでないまま、私のうさんくささばかりが広まってゆく今日この頃です。

私の心を奪った酒場たち 3

「ホテル炭火焼」

ごく普通の焼き鳥屋。

ごく普通の町にあり、ごく普通の店構えで、ごく普通の赤提灯が出ていて、ごく普通の内装で、ごく普通のテレビがあって、ごく普通の座敷席とごく普通のカウンターがある。カウンターの中には、ごく普通の店主とごく普通のパートのオバチャンがいて、これはごく普通以上の旨い焼き鳥を焼いてくれる。

平日、客はほとんどいない。それでたった一人、ごく普通の座敷に座って酒飲みながらごく普通のテレビなんかを見ていると、「ああ生きるというのは、こういうなんでもないことの積み重ねなんだなあ」と心の底からしみじみしてくる。しみじみは肴《さかな》になるので、当然ひとりでに酒はすすみ、気がつけば杯はからっぽ。慌てて「すいませーん、お酒くださーい」とふと顔をカウンターへ向けるとあなた、店主とパートのオバチャンが身体を寄せ合ってなんだか異様にしっぽりしている。

見てはいけないものを見てしまった気がして固まる私。ばね仕掛け人形のように離れる二人。「はいはい、お酒ね！」と取り繕《つくろ》うように威勢がよくなるオバチャンの目は泳いでいる。普通の中にこそ潜む破滅の気配を新たな肴に、より酒はすすむ。

姉の正体教えましょう

私自身まったくそういう記憶はないのだが、昔から私には姉が一人いたのだという。私たちは「とても仲のよい姉妹」で、年の離れた姉が進学のために家を出る時、私は「泣いて後を追った」そうだ。けれども、私はそのことを覚えていない。正確には、姉に関することを何一つ覚えてはいない。私にとって、彼女は単なる闖《ちん》入者《にゅうしゃ》だ。ある日突然本人が現れ、遅れて大きな荷物が届き、その後、物置部屋を片付けて住み着いた。私が高校生の時だ。当たり前のようにそれを受け入れる母に、私は尋ねた。「あの人誰なの。なんでうちにいるの」。母は私の顔をまじまじと見つめ、それから「やだ、変な冗談言わないでよ。お姉ちゃんが帰ってきたんじゃ

ない」と言った。

彼女は私たちの家族として暮らし始めた。私たち姉妹はよく似ていると、両親は言う。たとえば額や脚や爪の形。小さな部分を取り上げては、「やっぱり姉妹だ、そっくりだ」と、大げさに声を上げる。でも私はそうは思わない。額は私の方がすっきりしていて、脚は彼女がやや細く、爪は私の方が大きい。当たり前だ。いくら考えても、私に姉がいたという記憶はないのだ。

彼女は、そんな私の気持ちを逆撫《さかな》でするように、しばしば思い出話をした。幼い私と行った夏のプール、公園での砂遊び、東映まんがまつり。昔、私が彼女に送ったという手紙まで披露した。「今日はお父さんとお母さんと花火をしました」と、そこには書かれていた。「おねえちゃんもいっしょだとよかったです」。手紙には、金銀華やかに塗られた花火の絵も添えられている。私はそれをじっと見た。何かが妙だと思ったが、その原因がわかるのに少し時間がかかった。やがて私は静かに言った。

「これは私が書いた手紙じゃない。あの頃持ってたクレヨンには金色も銀色もなかったから」

まず、母がヒッと小さな声を上げた。次に父がぶるぶる震える手で手紙を奪い取りながら、激しく怒鳴った。目が血走り、顔が赤黒い。「勘違いだな！」と父は叫んでいた。「お前の勘違いだなっ！」。そんな父を見るのは初めてだった。恐ろしさのあまりガクガク頷《うなず》くと、父は声を落とし、「そそそ、そうだ、それでいい」とつぶやいた。それから息を一つ吐いて、床に座り込んだ。その間「姉」はというと、ずっと笑顔のままだった。父の手から手紙を取り返し、「まだ『おねえちゃん』を漢字で書けなかったのね」とクスクス笑った。

以上が、幼稚園児母仲間から、「お姉さんって（毎日毎日家にいて、勤めにも出ないで、でも結婚している素振りもなくて、しょっちゅう酒飲んで夜中に帰ってきているけれど、あれは）一体何？」と尋ねられている妹のために、私が考えてあげたストーリー。ここまでやればいらん詮索《せんさく》はされないだろうと思うが、「姉の方が脚がやや細い」という件《くだり》に引っかかった妹が却下する可能性もあって、未だ気は抜けない。

もう一言　二秒で却下されました。

もにゃもにゃの不思議

不思議だ。
まず、昨日は夢を見たのだ。夢の中で私は電話をかけている。昔ながらの黒電話で、番号は長く、十五桁。四で始まり三で終わるその番号を、私はぶつぶつと暗唱していた。全部覚えていたはずなのに、いざダイヤルに指をかけると忘れてしまう。七桁目あたりに「○」があって、そこが鬼門《きもん》だ。何度やっても同じ。私は泣きながら、つぶやき続けている。目が覚めてからも、十五桁の数字を諳《そら》んじることができた。
昼には、年下の友達にメールの返事を書いた。友達は「好きな人と喧嘩をした」

と若者らしく悩んでいた。「あまりにくだらなくて理由は言えません。公子さんもそんな経験ありますか？」。もちろんある。祭りの見世物小屋に入るか否かで大喧嘩したこともあるし（私は見たかった。ロシア生まれの白熊男）、「正月って飽きるよな」と何気なく言われて殴りかかりそうになったこともあるし（私は正月を心から愛してる）、大昔のプロレス漫画『チャンピオン太』の主人公の必殺技は「ノックアウトQ」か「肉弾メガトン落とし」かで揉《も》めたこともある（ノックアウトQが正解。私が合ってた）。以上のことを記し、よくあることだからあまり落ち込まないようにと励まして、友達に送信した。念のため、「肉弾メガトン落としは、タイガーマスクの悪役ゴリラマンの技です」とも追記した。

　そのあと少し出掛けた。歩きながら、『チャンピオン太』のことを考える。あの件で揉めたのは、確か居酒屋だった。となりのテーブルには若い女の子が二人いて、「一度会っただけの男が、なぜか自分の名前を知っていた」としきりに騒いでいた。「エリカ絶対言ってないんだって。エリカはマユとフツーに話してたの。で、その男はマユの知り合いで、横に立ってただけ。エリカ、営業スマイルでにっこりしたけど、でも名前は教えてないの。なのに次に会ったら、いきなりエリカちゃんって呼んだの。なんで？　なんでよ？　調べた？　怖いー」って、そりゃオマエの一人称がエリカだからだよ！　自分で名前ダダ漏らしてんだよ！　と私は中腰になったものだった。五年ほど前のことだ。女の子は長い髪を一つにまとめていた。

で、そこまで思い出したところで目的地に着いたので、しばらく酒を飲んだ。酒を飲んで、楽しく話をして、それから頭がもにゃもにゃとなって、気がつけば朝で家にいて、財布と携帯電話がなかったのだ。なんでだ。いや、なんでだっていうか、ポイントはもにゃもにゃだ。それはわかっている。もにゃもにゃの間に、財布と携帯電話の身に何かが起きたのだ。だが、それが思い出せない。夢の中の十五桁の電話番号や、太の必殺技や、五年前居酒屋で見かけた娘さんの髪形を覚えているにもかかわらず、たかが前日のもにゃもにゃを思い出すことができないのだ。

ああ、と私は天を仰ぎ、そして畏怖《いふ》する。人体の、なんと神秘的で不可思議なことか（とか言ってる場合じゃないよ。財布捜せよ）。

もう一言　タイガーマスクに登場するザ・ピラニアンは今でも夢に出てくるほど怖かったです。どうでもいいですけど。

小人さんの贈り物

この前、机の上を片付けていたら、紙の山の中から心当たりのない一万円札が幾枚か現れたので、すかさずがっと握り締め、片付けを放り出してそのまま酒を飲みに出掛けた。これは別に珍しいことではない。私は月の小遣いが三百円などという幼い時分から、親に「金を出しっぱなしにするな」と叱られる子供で、ほらよくいるじゃないですか、小銭なんかを部屋のあちこちに置きっぱなしにする罰当たり。まさにそれで、優しかった祖母に生涯でたった一度叱られた時のセリフが「一円を笑うものは一円に泣く」であっても、中学校で「小銭をハダカでポケットに入れるヤツは、カツアゲされた時にケツの毛まで毟《むし》られやすい」と不良のリスク管理術を

教えられても、ありとあらゆる雑誌の『お金が貯《た》まる特集』に「所持金把握が基本」と書いてあっても、その癖《くせ》が直らぬまま、とうとう大人になってしまったのだ。

要は金、置きっぱなし。しかも忘れる。本のページの間から五万円。書類の間から七万円。二年ぶりくらいに着た上着のポケットから四万円。時を経て思いがけない再会を果たした現金は数知れない。おそらくは何かに必要なお金を、「今だけ」手近な場所に置き、でも次の瞬間には忘れてしまうという仕組みなのだろう。が、それにしても忘れすぎ。あまりの忘れっぷりに、本当は私は多重人格で、これはその人の生活費ではないかと本気で悩み、彼女宛のメッセージを残したこともある。「七万円、私持ってます。公子」。メモを書く時の暗い淵《ふち》を覗《のぞ》くような気持ち。あれは二度と味わいたくないが、返事はなかったので、たぶん「もう一人の私」などいないのだ。

そうなると残る可能性は二つ。私が後戻りできないほどボケてるか、正直者で働き者の私のために小人さんがそっと置いたのか。もちろん私は、子供の心を失っていない純真な人間なので、とっとと小人説を採用。おかげさまで、迷うことなく「天からの贈り物」として出所不明金をばんばん遣えるようになった。

今回も小人さんがくれたお金で、愉快に飲酒。終始ご機嫌。そしてご機嫌のまま夜中に帰宅し、ご機嫌で布団にけつまずく。

おや、すると何ということでしょう、その拍子に机の上から片付け途中の紙がバサバサ落ちて、中から『市・道民税督促状』が現れて、不思議なことになんとそれが小人さんからのプレゼントとほとんど同じ額。「あ……」と嫌な汗が流れた瞬間、耳の後ろあたりで誰かが「忘れろ忘れろ」というので、そのまま戻して見なかったことにして、次の日もその次の日も残りの金で飲みに行ったのだった。おかげさまでもう手元には一円もありません。めでたしめでたし。

もう一言　昨今の不景気は小人界にも及び、現れるのは小銭ばかりの日々を送っております。

犬と私の夏の一日

夏を感じる十五のステップ。
1．犬を一匹用意する。できれば薄茶のムク犬が望ましい。
2．よく晴れた日、その犬を丸洗いしようと決意する。
3．協力者を募る。隣家に住む妹などが適任。彼女から子供用のビニールプールを借り、ぬるま湯を張る。
4．不穏な空気を感じウロウロする犬をなだめつつ、「プール？　ねえ？　プールなの？」と、隙あらば服のまま飛び込まんとする姪を制止する。
5．改めて犬を観察する。どうにも汚れている。無理もない。子犬の頃はよく風呂場に連れ込んで洗ったものだが、やがて大きくなって持ち運べなくなり、さらにはは思春期、「オレはこんな小さな世界に満足するような犬じゃないんだぜ。いつか大海原にたどり着くんだぜ。行くぜ。ロケンロール！」と散歩中に突然川に飛び込み、しかし五秒で世間の荒波に耐えられず戻ってきて以来、水を嫌がるようになってしまったのだ。おまけに今の住《す》み処《か》は金物屋のコンクリートの床。なんで金物屋かっていうと、単にうちが金物屋だからだが、そこの棚と棚の狭い隙間が定位置。必然的に埃《ほこり》と床のワックスにまみれて、見事な野良風味が完成し、よし、この夏はなんとかコイツを洗って、本来のムク犬としてのふわふわ感を取り戻し、その柔らかな感触を存分に味わおうではないか、そしていつまでも撫《な》でくり回そうではないか、まるで大きなぬいぐるみのように！　ロケンロール！

6.「お姉ちゃん、ニヤニヤしてないで手伝ってよ」と妹に叱られる。

7.オヤツで犬をおびきよせ、この日のために予習した犬の洗い方（優しく声をかけながら、肩から順番に全身にお湯をかけましょう）に従い、「ちょっと我慢してねー。これが終わったらハンサムになるからねー。そしたらもう近所でモテモテですよー。どこぞの若妻から、あら色の白いワンちゃんねーちょっと寄って行かない？　なんて散歩の途中で声かけられてね、今何か軽くつまめるものを作るからそれまでコレで一杯やっててちょうだいなんてジャーキーの一つも渡されて、ほんとあなたいい香り、男のたしなみね、って背中をひと撫で、いやもうニクイね、この色男！　後はもう好きにしてっ！」と前向きな展望を述べようとしたところ、

8.「ちょっと我慢し」のあたりで、既に犬が大暴れ。意地になってザバザバ湯をかける私を振り切って、ものすごい勢いで店に逃げ込み、さらに何を思ったか気が狂ったように床を転がり始め、

9.知ってる？　濡れた犬の毛って油や埃や土を面白いように吸い取ってドロドロに。

10.もう私にできることはない。

11.ただ呆然とモップ犬を見守るのみ。

12.気づけば妹、残った湯で靴洗い始めてるし。

13.姪、プールに飛び込んで叱られてるし。

14.空は青いし太陽は眩《まぶ》しいし。

15.なんか夏だなあ、って。

夏の思い出　飲酒篇

某日。北国にもようやく夏の訪れ。長かった。乗り越えてきた冬のことを考えて涙ぐむ。あの頃は本当につらかった。家に閉じこもり、雪かきするか本読むかテレビ見るか一人で酒飲むか、という日々。腐るぞと心配もされた。が、夏の私は一味違う。修行のように孤独な雪かきなんて一度もしないし、酒だって外で人と飲む。社交家になるのだ。あるいは飲んだくれに。

某日。友人と酒を飲む。夜が更けても寒くないことに感動、乗り越えてきた冬のことを再び考えて涙ぐむ。あの頃は本当につらかった。たまに外で酒を飲んでも、二軒目に向かう途中で寒さのあまり挫折、目の前のタクシーに乗って一人帰宅してしまう、という事態が頻発した。吹雪の中、置き去りにされて驚く友人の姿を、何度車の中から目撃したことか。夏じゃないことの、その罪深さ。

　某日。友人と酒を飲む。夜が更けて家に帰っても、寒くないことに感動。「家の中が暑いよ！」「うちも暑いよ！」「すごく暑いよ！」「夜なのに暑いよ！」。延々とメールのやりとり。夏は友情が深まる。夏であることの、この素晴らしさ。

　某日。友人と酒を飲む。炎天下のため、「ビールのコーンスープ化現象」に見舞われる。これは、暑さですぐぬるくなるビールを不憫《ふびん》に思い、不憫に思った結果、急いで飲み干そうと焦り、焦った結果、飲酒ペースが加速度的に上がり、上がった結果、短時間で大量の酒を消費し、消費した結果、今自分が飲んでいる物がビールなのかコーンスープなのかすらわからなくなるほど酔っ払う、という夏ならではの愉快な現象である。もれなく二日酔いも付いてくる。

　某日。友人と酒を飲む。サンマの刺し身を肴《さかな》にビールを飲んでいると、編集者Mさんから、丁寧なシメキリ確認の携帯メールが届く。「暑くて何も書けません」と軽い気持ちで返信したら、「東京はもっと暑いんじゃ！」と、いきなり豹変。さらには、「今、ワイン飲みながらフランス料理食べてます。サンマよりフレンチ！」と、フォアグラやプチフールの写真をバンバン送りつけてきて、「これだけ飲んで食べても、公子さんより体脂肪は少ないんじゃ！」と、私の急所を突いた自慢を突然始めた。何のスイッチが入ったのか。東京の暑さは怖い。

某日。友人と酒を飲む。待ち合わせ場所へ向かう地下鉄の中で、「そろそろ暑さもおしまいかな」という声を耳にした。じっと聞こえないふりをする。

某日。友人と酒を飲む。「昨日、ススキを見た」と友人が言う。「外回りの途中で車の中から」。悲しくなって、さらに聞こえないふりをする。

勇気の正しい使い方

勇気、と声に出してつぶやいてみる。たとえばそれは通勤電車、痴漢の手を捩《ね》じあげる紳士の姿。あるいはパレードの最中、突如「王様は裸だ！」と叫ぶ子供の姿。もしくは通学路のどぶ川を「オレ、目つぶってでも越せるぜ」と言いながらまっ逆さまに落ちていった同級生のタケダ君。タケダ君の泣き顔を思い出しながら、私はさらにつぶやいてみる。人の数だけ愛があるように、人の数だけまた勇気もあるのだ、と。

ボタンエビについて話そう。

ある日の午後、私の心にボタンエビがそっと忍び込んできたのだ。ぷりぷりとした身、とろりとした食感、広がる甘み。もちろん私は抵抗した。じきに夕食の時間で、しかも我が家にボタンエビはない。どれほど心と身体が欲していても今はそれを食べるべき時ではないということだ。

欲望を振り払うために、あれは昆虫に似ている、と言い聞かせてもみた。どことなくトンボっぽいし、セミっぽくもあるし、バルタン星人っぽい。まあバルタン星人の元は「宇宙怪人セミ人間」だから筋は通っているがと、無駄な知識で気を紛らわせるも、「でもエビはセミじゃないし」と愛はとまらない。

三十分ほど逡巡《しゅんじゅん》し、とうとう私は立ち上がる。午後四時。近海物などという傲《ごう》慢《まん》なことは言わない。ロシア産でも冷凍でも構わない。とにかくボタンエビ。ボタンエビをさっと食べてさっと帰る。そう心に決めて、近所の回転寿司の扉をくぐる。若者、若者、会社員、すっぴん独身中年女（私）。閑散とした客席に目をやりながらカウンターに座り、静かに私は告げる、「ボタンエビ」。もう後戻りはできない。

この店において、ボタンエビは別格だ。一皿に一カンのみ。当然「高い方の皿」である。たとえば甘エビが一皿に二カン、しかも二尾ずつ載って、なおかつ「安い方の皿」であることを思えば、その特殊性は尋常ではない。私はそれを震える思いで味わう。ぷりぷりとした身、とろりとした食感、広がる甘み。夢みた味を味わい尽くしたところで、ふと時計を見る。二分。はっと我に返る。カウンターに座り、注文し、食べ終わって約二分。立てるのか、と自問する。ここで立ち上がって会計を済ませ、「夕方四時にやって来てボタンエビ一尾だけ食って二分で帰るすっぴん独身中年女」となる勇気がオマエにはあるのか、と。

顔を上げる。若者二人が探るような目つきで私を見ている（ような気がする）。会社員風の男性はこれみよがしに皿を積み上げている（ような気が）。店員さんは私の目の前に立ち、「ご注文どうぞ！　生ウニいかがっすか！」と恫喝《どうかつ》している（ような気が）。私は息をつめ、間合いを計り、腰を浮かせつつも、しかしやがて力なくつぶやく。「な、生ウニ二つ、あとビール」

世の中には、勇気がなくて回転寿司に一人で入れない女性もいると聞く。たとえ入ったとしても、一人でビールは飲めないという人もいる。「そんなバカな」と笑った自分を今は恥じよう。改めて言う。人の数だけ愛があるように、人の数だけまた勇気もあるのだ。それを教えてくれたボタンエビに感謝したい。あとタケダ君にも。

迫り来る猫の恐怖

どうしていいかわからない。最後の一つはラムネ菓子だった。猫の正面顔が描かれた、黄色の缶ケース。無垢《むく》だが、うつろな瞳。その奥に広がる暗い闇に取り込まれそうで、極力目は見ない。見ないままそれを手にとり、机の抽斗《ひきだし》に押し込む。これで最後だ、と思う。これ以上は、綿棒一本入らない。私は静かに覚悟する。ついに「キティの泉」が溢《あふ》れ出してしまったのだ。

キティの泉は、私の机の抽斗にある。二段目と三段目。どちらも開けると、キティグッズがみっちり入っている。自慢じゃないが、わたしゃもう四十を超えている。その四十を超えた女がなぜこのような事態に陥っているかという説明は難しい。いや本当は、燎原《りようげん》の火のごとく広がるキティファンの怒号に耳を塞《ふさ》げば簡単で、要は私がキティ嫌いだからだ。あんまり嫌うもんだから、友人たちが、「嫌よ嫌よも好きのうち。ほれほれ、頭は拒んでも身体は正直よのう」とか言って、ばんばん送りつけてきたのだ。

もちろん何度も捨てようと思った。しかし私の育ちの良さとでもいいましょうか、仮にも人様から頂いた物であり、また世のキティ好きの心情を思うと踏み切れない。仕方がないので、「見えない物は存在しない物。困難の前では全力で目をつぶるべし」という個人的信条に則《のつと》って、闇雲に抽斗に放り込んできた。それがこの度、容量オーバーを迎えたのである。なるほど。やっぱ見えなくても問題って消えないんですね。それどころか大きくなって戻ってくるんですね。人生の敗因が見えた気がするわ。

と、思いがけず人として大切なことを学んでいる場合ではない。泉が溢れたということは、近い将来キティが私の生活スペースを侵略するということである。由々しき事態。そこですべてのキティを一度外に出し、手持ちの箱に入れ替えることにした。泉が溢れたならさらに大きな泉を掘れば解決だからだ、って先ほど学んだことが全く活かされていないわけだが、なんとこれが入りきらなかった。いや、驚いた。なにしろ携帯ストラップだけで二十も三十もある。携帯は一台しか持ってないのに。タオルだって十枚以上。顔も一つしかないのに。他にも、ぬいぐるみやら腹巻やらうちわやらお守りやら耳掻きやらマスクやら中国製「キディ」やらで、果てが見えない。

それらを床に広げて途方に暮れること、はや三日。その間、寝返り打っても、起きても、仕事中も目の前にキティ。キティのシール、キティのハンカチ、キティのしおり。とにかくキティキティキティ。やがて頭の芯が痺《しび》れてきて、自分がなぜキティに囲まれて暮らしているのかわからなくなってくる。さらに追い討ちをかけるように妹が、「お姉ちゃん、キティ嫌いじゃなかったっけ？」「いや、友達にもらって」「……いじめ？」と、新たな視点での問題を投げかけ、混乱は深まるばかりだ。

これを書いてる今も、たくさんのキティが私を囲んでいる。その目はやはり無垢だがうつろ、奥に広がる闇に取り込まれそうで、私はただ困惑するばかり。

（もう一言）私が死んだら遺品の中から大量のキティが現れるのだ、と考えただけで意味なく中腰になります。

キャラが立ちすぎる父

どの口が言う、という事態に久しぶりに遭遇した。

我が家のすぐ向かいに、四階建ての集合住宅が建つのだという。そのために以前あった家を取り壊し、更地にしたのが今年の春。すぐに工事が始まるかと思いきや、なぜか手付かずのまま九月を迎えた。その間に「マンション建設予定地」は変貌を遂げた。雑草が繁り、猫が入り込み、水たまりに蜻蛉《とんぼ》が卵を産む。今ではもう立派な、しかし何の変哲もない「空き地」になった。

で、その空き地を、なぜか毎日見ているわけだ、うちの父が。何が楽しいのか、とにかく見る。家の前から、歩道の脇から、近づいて柵の隙間から、なんせ見る。

理由を尋ねると、「いや、違うんだ」と言う。全然違わない時でもとりあえず「違うんだ」と答える人間が父なのでそれはいいが、その後に続くセリフが「平らだから」だったのは解《げ》せない。平らだから見る？　それは何かの暗号か？

つまるところ、理由なんてないのだろう。単に「見るのが好き」なのだ。なにしろ見るもの。空き地も見るし、人も見るし、他の物も見る。除・排雪車の作業を吹雪の中で見る。近所の引っ越し荷物の搬入・搬出を見る。下水管工事だって見る。あの時は朝、作業トラックがゴミステーションを塞《ふさ》いでいて近寄れず、工事関係者が手渡しでせっせとゴミを置いてくれたのだが、「お願いしまーす」と近づいたらそれは関係者じゃなくて父だった。おそらく見る勢い余って手伝ってしまったのだろう。余るほど見るな。

自宅の一階で仕事をしていて近所の動静が気になる、という事情を差し引いても、これはなかなか破格の見っぷりだと思う。おまけに、見るついでに誰にでも話しかけるから、訊《き》きっぷりも破格。「○○さんの旦那さん、出勤時間が変わったなと思って訊いたら、職場の異動だって」「××さんの奥さん、最近姿が見えないから訊いたら、お姑さんと喧嘩して家出たんだって」。かと思えば、「△△さんちの娘さん、前は二人の男が車で送ってきたけど、今は一人。でも、その頃から帰宅時間が遅くなって心配だな」って、よその娘の心配してる場合じゃないだろう。あんたの上の娘（私だ）が近所で、「あの人、（ずっと家にいるけど）何?」とか言われてるのを知らんのか。変人扱いだぞ。

まあ私のことはいいけれども、とにかく、このような充実の「見ライフ」を送る父のもとに、遂にマンション建設開始の知らせが届いたのだ。「空き地」から再び「マンション建設予定地」へ。父は毎日見るだろう。存分に見るはずだ。それはいい。より深刻な問題は完成後、そこの住人から我が家の二階の茶の間が丸見えになってしまうことだ。早速、新たなカーテンの購入について話し合う私と母。すると横から父が真顔で言うには、

「他人のこと、そんなに見る人なんていないべさ」

どーのーくーちーがーいーうー、という以外に父にかけるべき言葉があったら教えてほしい。

夜更けの鶏大根

来客に備えて前の晩から鶏と大根の煮込みを作ったら、それが我ながらうまそうでうまそうで、身もだえする午前〇時。家族は全員寝静まっている。明かりを落とした台所には、火をとめたばかりの鍋。そこから漂う豊かな香りが全身を包み込み、悪魔の声が私に囁《ささや》きかける。「お嬢さん、少し食べてはどうですか」。いえいえ、と私は慌てて首を振る。これは明日の来客用ですし、第一私はお嬢さんではありません。今どき私をお嬢さんと呼ぶのはセールス電話だけで、昨日は、「奥さんですか」「いいえ」「お嬢さんですか」「いいえ」「……困りましたね」って、突然電話をかけてきて何勝手に困ってるという話だが、とにかく煮込みは今は食べない。

煮込みは食べないが、それにしてもいい香りだ。ビールを飲んでいると、吸い寄せられるように立ち上がってしまう。生姜《しょうが》を入れたのがよかった。そしてゆでたまごも。ゆでたまごは好きだ。温泉たまごの次に好き。温泉たまごの何がいいって、連続三つめあたりから、気持ちの底がヒリヒリしてくるところ。過剰摂取過剰摂取過剰摂取と、本能が警告する。危険な味だ。でも今夜は違う、と、とりあえず私は座り直す。温泉たまごは入れていない。入れたのは、ゆでたまご。それを半分に切ったのだ。

は、半分！　と再び私は腰をあげる。素晴らしい思いつきに、頭の芯がしびれている。半分ならいいかもしれない。たまごを半個。あるいは大根を半切れ。もしくは鶏肉を半かけだけ。……いやいやいやいや、そういう不埒《ふらち》なことを考えてはいけない。落ち着け。落ち着いてまず座れ。もし明日、その半分をめぐって客人の間で暴動が起きたらどうする。割れる皿、突き刺さる箸《はし》、飛び交う砲弾。血まみれで床に倒れる人々の口からは、「せめてあと半切れの大根があれば……」。それが第三次世界大戦へと広がる可能性を考慮した場合、私には煮込みを手つかずで守る義務があるはずだ。

ならば窓を開けよう、と私は三たび立ち上がる。香りの誘惑を断ち切るべく、窓を開けて空気を入れ替えよう。サッシに手をかけ、しかし私は躊躇《ちゅうちょ》する。たまま外を歩いている和食界の重鎮が、この香りに気づいたら。彼は迷うことなく我が家の戸を叩くだろう。「うむ。その煮込みを少し分けてくれ」。人に会って第一声が「うむ」というのもどうかと思うが、しかし彼もまた必死だ。「頼む。貴殿の煮込みには和食の未来がかかっておるのじゃ」。かかっちゃったよ未来。

私は鍋を前に葛藤する。和食の未来か、第三次世界大戦か。苦悩の末、やがて私は決意する。捨てよう。いっそ全て捨ててしまおう。そっと鍋に手をかけ中身をゴミ箱へ、ってうわあああ何考えてるんだ、捨てちゃダメだろう。捨てるくらいなら今食べたらどうか、ってだからそれもダメだろう！　食べたらダメなの！

かくして混乱のうちに夜は更け、しかし翌日、その煮込みが案外不評で、世界大戦どころか家族で三食食っても余るくらい残ることを、私は未だ知らないのだった。

もう一言　この日以来、鶏大根は作ってません。思い出すといろいろ悲しくて。「鶏大根、ああ余らせて」という歌を引っさげて演歌界にデビューしたいくらいの悲しみです。

心に響いた五つの言葉

テレビで北の湖を見る。記者会見する北の湖。「しどろもどろだね」と横にいた友達に言う。「恐ろしい顔のまま、しどろもどろだ」と友達も言う。それから二人でじっと画面を見つめる。見つめながら、もし仮に彼が緻密《ちみつ》かつ壮大な計画のもと、「強面《こわもて》だが無口で思慮深い大横綱」のイメージを築きあげてきた人間だとしても、今日で台無しだと思う。「なんかそういう御伽噺《おとぎばなし》なかったっけ」と私。「幻をどんどん積み重ねていって、でも最後にはやっぱり崩れちゃうというような」。友達はしばらく考え込んだ後、「……忠臣蔵?」と自信なさげにつぶやいた。

＊

病院の待合室で、大きな女の人を見る。身体もそうだが、声もすごい。病状説明を受けながら、彼女は大音声で相槌《あいづち》を打つ。看護師さんの小さな声は聞きとれない。「うん」「そう」と、だから彼女は一人で言う。「え?」「何で?」と驚く。「まさか!」と叫ぶ。そして世界に向かって咆哮《ほうこう》する。「こんなに太ってるのに貧血だってかい!」

＊

テレビで田中真紀子を見る。この人のすごいところは、声が田中角栄そっくりなところだ。確かに親子だけれど、でも異性なのにと不思議に思う。女の人は母親の声に似るはずだという、自分の中の常識が覆《くつがえ》される。いやしかし、と思い直す。お母さんが田中角栄と同じ声の持ち主なのかもしれない。声の似た両親のもとに生まれた娘。それなら納得できる。自分の思いつきに感心して妹にそう言うと、妹はまじまじと私の顔を見つめて、「でも、お姉ちゃんも時々お父さんの声に似てるよ。特に笑い声」と真顔で告げた。

＊

近所の道端で、力説する女子小学生たちを見る。下校途中の三人連れ。子供だ、と思う。十月だというのに半袖姿のところも、手に持った上着を意味もなく振り回すところも、突然後ろ向きに歩いたりするところも、まごうかたなき子供だ。すれ違いざま、その子供たちの話し声が聞こえた。「だって結局そうなんだよ」と、後ろ向きに歩きながら一人が言う。甲高《かんだか》い子供の声で、「結局、友情は愛にハイボクするんだよ」と断じた。

＊

テレビで神田うのの結婚式を見る。新郎新婦がしずしずと歩いている後ろに、美川憲一の姿がちらりと映る。「あ、美川憲一が親族ポジションにいる」と何気なく口にすると、母がえらい勢いでテレビの前にやって来て、「親族っておじさん役？　おばさん役？　何着てた？　黒留袖？」と訊《き》いた。

＊

以上が、今週私の心に響いた五つの言葉。思い返せば返すほど、世の中はなんと示唆《しさ》と含蓄《がんちく》に富んだ場所かと感動し、さらに改めて確認した美川憲一の衣装は、「黒留袖ではないが本当は黒留袖が着たかった」感が溢《あふ》れていて、何か二重の意味で胸を打つのだった。

（もう一言）神田うのの結婚式を覚えている人が、今の日本に果たしてどれくらいいるでしょうか。私もこれ読み返すまで忘れてました。

寒空の四十五分

寒い。みるみるうちに秋が深まって、身体も寒いが心も寒い。私は一人で街角に立ち、目の前を通り過ぎていく人々を見ている。日は暮れ始め、冷たい風が吹く。私の横には、若い女の子が立っていて、そのどことなく心細げな様子に親近感がわくが、でもわかってる。きっと彼女はもうすぐいなくなる。いや、彼女だけではない。今までずいぶん多くの人が私を残して姿を消した。彼らを見送りながら、何度心の中で叫んだことか。「いいわね、みんな待ち合わせ相手がちゃんと来て！」

約束の時間から三十分経《た》っても、私の相手は現れない。寒空の下、私はひたすら立っている。電話をかければよろしいではないかと思われるむきには、携帯電話を忘れたという事実を伝えたい。たぶん玄関だ。手に持って部屋を出て、つい下駄箱の上に置いて、それで忘れた。最近の私の物忘れはすごい。この間は、朝のうちに洗濯をしてそれを干すのを忘れて夜になってうわーと思って洗濯機を覗《のぞ》いたら、からっぽだった。緊急一人会議の結果、「洗濯しよう」と思っただけで取り掛かるのを忘れ、さらに取り掛かるのを忘れていることも忘れたのだ、という結論に達した。そりゃ携帯電話くらい朝飯前に忘れる。

それにしても寒い。街は夜の気配を濃くし、私は帰ることを考え始める。三十分も待てば十分だろうと思う気持ちと、でもこれが佐藤浩市なら三時間は待つ準備はあるという気持ちがせめぎ合う。相手は佐藤浩市じゃないのでせめぎ合う必要などないだろうと言われるむきには、まったくもってその通りと伝えたい。しかし世の中、理屈ではどうにもならないこともあるとも伝えたい。佐藤浩市が絡むと、私の判断力は格段に混乱する。

四十分が経過。とうとう女の子の前に母親らしい女性が現れ、二人は姿を消した。そうだ。待ち合わせとはそうなのだ。誰かが先に来て、別の人が後から来て、両者が出会ってどこかへ向かう。それが本来の姿だ。なのになぜ私だけがずっと一人？　もしやこれは待ち合わせではなく単なる起立？　寂しい、とふいに思う。以前、知り合ったばかりの人に「ちょうどよかった。電話番号教えてください。私なぜか『か行』の人の知り合いがいなくて、アドレス帖のそこだけ白いのがイヤだったんです」と言われた時みたいに寂しい。よし。あと五分。あと五分だけ待とう。それでダメなら家に帰り、このあんまりな四十五分間をきれいに忘れよう。忘れるのは得意なのだ。

悲壮な決意の直後、しかし友達はやってきた。新しい恋人だというオッサンも一緒だった。それで三人で酒を飲みに行ったのだが、無事に会えてよかったねと思われるむきには、その後酔っ払った友達がさんざんオッサンといちゃつき倒し、さらには翌日「彼、素敵でしょ。もしかして公子のタイプ？　誘惑しないでね」というメールを送ってきたことを伝えたい。土下座されてもするかボケ！　ああ、ホント寒い。寒いのよ、心が。

好奇心は身を滅ぼす

何もない一週間だった。

という書き出しを以前にも用いた気がするが、でも本当だから仕方がない。別にこれは珍しいことではなく、なにしろ座右の銘が「好奇心は身を滅ぼす」である私は、自ら動くという習慣を持たない。放っておけば一生じっとしている。今までその件ではずいぶん意見された。一番多いのが「覇気がない」というヤツで、次が「出無精」、それから「怠け者」「退屈」「チビ」と続く。チビ関係ないだろう。

もちろん私にも言い分はある。『細うで繁盛記』の新珠《あらたま》三千代《みちよ》だって山水館に嫁《とつ》がなきゃ冨士眞奈美にイビられることはなかったのに、というのがそれだ。なまじ未知の世界に飛び込んだりするから、ひどい目に遭う。あんただって冨士眞奈美、怖かっただろう。そう反論したら、相手はなんと『細うで繁盛記』を知らなかった。知らないくせに「その人（新珠三千代のことも知らなかった）も、好奇心で嫁にいったわけじゃないでしょう」と正論を吐いた。ああ嫌だ嫌だ、理屈っぽい人は。

もちろん私にもさらなる言い分はある。たとえば七歳の時、「ここに足入れたらどうなるべ」という発想で、踏み切りのレール溝に足を挟んだら抜けなくなって、やがて遮断機が下り始めた時。あるいはその翌年、海水浴で浮き輪に乗って一人沖へ行き、「ここで下りたらどうなるべ」と海に飛び込んで、瞬時に溺《おぼ》れた時。いずれも死因は好奇心だ。いや、死んでないけれども、それはどちらも見ず知らずのお兄さんが疾風《はやて》のように現れて、足を引っこ抜いたり海中から引き上げたりしてくれたからで、決して好奇心の危険性を否定するものではない。ついでにいえば、その救世主二人はおそらく同一人物で、私の運命の人でもある。この先、三たび死にかけた私を救いにやってきて、我々は運命の出会いを果たすのだ。三度目の奇跡。まあ厳密には、小豆《あずき》を両鼻の穴に詰めたら鼻水で膨らんで死ぬかと思ったこともあるが、あれは母親が助けてくれたので、私としてはカウントしていない。三度目はこれからだ。
　というようなことを述べ、やはり好奇心は身を滅ぼすのだ、と正論の人に私は強く訴えた。だから今週も何も動かず、家でテレビばかりを見ていたのだ、と言った。テレビを見ていてわかったのは、美川憲一には親友が多いということである。この間、神田うのの親友だった彼は、今週は木原光知子の親友になっていた。以前は、加賀まりこやうつみ宮土理の親友だった。すごい親友網だ。日本全国総親友。となると、あなたも知らないうちに美川憲一の親友となっている可能性があるから、十分気をつけるように。私は最後に正論の人にそうアドバイスした。正論の人は黙って聞いていたが、夜になって改めてメールが届いて、「だからといって好奇心を発動せずにじっとしていると、運命の人との再会もないのではないでしょうか」って、ああホント嫌だ嫌だ、理屈っぽい人は。

もう一言　さっき突然思い出しましたが、「これを口に入れたらどうなるべ」と思って何かの電気コードを咥《くわ》えて感電したこともありました。でもあれは驚いて吐き出すと自然におさまったので、やはり運命の人との出会いは今からだと思われます。

謎酒場の謎

　朝起きると九時半であった。よく晴れた日で、私は目覚めと同時に窓辺で空を仰ぎ、仰ぎつつも全身にイヤな汗をかき、ああ世界はこんなに美しいのに、どどどどうして寝過ごしたのか、もうくく九時半ではないか、まままさにサトウさん（仮名）との約束の時間ではないか、なななのに何でパジャマで空を？　とひとしきり動揺した後、なんとか気を取り直してサトウさんに電話。「今、起きました」「ぐえ？」。サトウさんは新種のカエルみたいな声で驚いていた。本当に悪かったと思う。

　その失態が許しがたく、夕方からは自分を罰することに腐心した。とはいえ、方法がない。

以前なら、こういう時は迷わず重病薬局（仮名）へ行ったものだった。重病薬局は、自罰の場としては理想的であった。シャッターがいつも半分下りていて、薄暗い店内に人の姿はない。恐る恐る声をかけると、さらに真っ暗な奥の間からひどく顔色の悪い中年女性がフラフラと現れる。どこから見ても重病人。その重病人から風邪薬を受け取り、消え入りそうな声で「お大事に……」と言われると、無条件に「私が悪かった」と思う。何か知らんがとにかく悪かった、と。一度ほしい品がなかったことがあって、「すいません……」と暗がりで謝られた時には、もう一生悪いことはしないので許してくださいと、祈りさえした。まさに自罰のためにあるような店。しかし、その重病薬局も今は姿を消した。病が悪化したのか、店じまいしてしまった。

理想的自罰の場を失い、仕方なく近所をうろついている最中、私はふと思い立って謎酒場（仮名）へ向かった。

一見ごく普通の住宅だが、夜になると赤提灯が灯るそこは、しかし風の噂によると酒肴の提供が商いのメーンではない。では何がメーンかというと、近所の常連たちが夜な夜な階上で繰り広げる麻雀と、それに伴う活発な経済活動。また、その麻雀部屋に使用目的制限はなく、つまり親密な不倫男女が昼間っからアレをナニする秘密の会合をもつのも自由であるという話で、事実なら重病薬局以上の逸材だ。

そのことを思い出し、自罰の一環として謎酒場に初潜入、無邪気な客を装って真相解明に乗り出そうとしたわけだが、結論からいえば試みはあっさり失敗に終わった。店の前で様子を窺《うかが》っている時、中から現れた女の人に「何？　あんた何か用？」というとても客商売の人とは思えないセリフを吐かれた途端、いえいえいえいえと慌てて逃げ帰ったからだ。

我ながら情けなく、サトウさんにも申し訳がたたないことである。今の私にできることは、「彼女の富士山のような眉毛の迫力は、私などが太刀打ちできるものではなかった」ということを、サトウさんに報告に行くことくらいだ。もちろん、その際には絶対に寝過ごさない所存である。

（もう一言）その後、謎酒場では店の女の人をめぐって常連どうしの殴り合いなどがあり、ますます興味をそそられつつも、ますます怖くて行けそうにありません。

朝はなんで眠いのよ

さて、先日うっかり寝過ごしてサトウさん（仮名）との約束を反故《ほご》にした私であるが、つくづく思うのは、しかしなんで眠いかね朝、ということである。これは以前から看過《かんか》できぬ事柄として周囲に訴えるもなぜか賛同を得られず、結果として口にするたび空中にひとり放り出された気分になる問題なのだが、ちなみに他に同じ気分になる質問としては「雛形あきこの箸《はし》の持ち方って曲芸的だよね」というのがあって、これはたいてい「いや、知らない」と放り出されたあげく、ドラマでの彼女はきちんと箸を持っていて、まるで私が嘘つきみたいなのだが、でもあれは「箸を持つ演技」だと考えればよろしい。

しかしなんで眠いかね朝。たとえばサトウさんとの約束の前夜、私はまったくといっていいほど眠くはなかったのである。それでもとりあえず布団に入り、目をつぶって睡魔の訪れを待ち、が、人生の多くがそうであるように事態は思うようには進展せず、ついうっかり自らの来し方行く末などに思いを巡らせたが最後、目の前の暗澹《あんたん》たる現実に胸がふたがる思いがし、いやもうダメだ人生終わりだそうだ味噌汁屋になろう味噌汁好きだから！　と突然転職を決意したり、だけど味噌汁屋って何！　と急激に我に返ったりしていたのだ。それで明け方になってようやく眠りにおちたのだが、すると今度は起きられないのである。眠くて。目覚ましが鳴ったはずなのに、もう聞こえないのである。眠くて。

それはないだろうという話である。少なくとも目覚まし発動時点で二時間ほどは眠っているのだから、眠る前より二時間分元気になるのが本当だろう。ましてや眠くないところをねじ伏せるようにして眠ったのであるからして、「余って」もいいはずなのだ睡眠が。ていうか元気が。なのに、なぜ眠る前より眠い。

この件に関しては実はもう二十年くらい考え続けているが、未だしっくりした答えは得られない。『外から力が加えられない限り、眠っている人体は眠り続け、覚醒している人体は覚醒直線運動を続ける』という慣性の法則説を唱えたこともあったが、唱えながら自分でも絶対違うと思った。今は、中学の同級生だったサカタさんが腹痛を訴えながら登校した際の、「寝れば治ると思ったのに」発言あたりに解明の糸口があるのではないかと鋭意思索中である。

まあだからどうしたという話であり、いずれにせよ我々人類は、今も睡眠という、その人知の及ばぬ領域を身の内に抱えるちっぽけな存在に過ぎないのだよでもがんばろー、という何もかも空中に放り投げた終わり方をするしかなくて今困ってるのだが、それではあんまりなので、サカタさんの腹痛は実は虫垂炎であり、睡眠での治癒は不可能だったという事実を最後に明らかにしたい。そのサカタさんと私は校舎の窓から、焼身自殺の現場を目撃したことがあるという衝撃の過去も併せて報《しら》せたい。あれには仰天した。

もう一言　焼身自殺の現場を目撃すると、最初は百パーセント「火事だ！」と思います。（全然役に立たない豆知識）

父と饅頭と血液と

父がわからないことになっている。
どのくらいわからないかというと、まず朝食に菓子パンを食べる。二個。餡《あん》パンが基本で、そこにねじりパンやハムたまごパンなどを加えて、一週間を回す。飲み物は極甘コーヒー牛乳。食べながらNHKの連続ドラマを眺め、時に感想を述べる。「この人がいい人で、この人が悪い人だな」。七十歳過ぎたおっさんの菓子パン好きもわからないが、連ドラがいつから水戸黄門になったのかもわからない。
朝食後は、自宅一階の仕事場へ出勤。そこにはオヤツが常備されており、あの朝食の後で何のオヤツよと驚愕するも、紅白饅頭六個を二日で消費したりするからわからない。オヤツの他に昼食。メニューはたいてい店屋物のカツ丼か天丼。超油物。そこにカップ麺がつくこともある。超加工品。食生活の偏りを指摘すると、「なんも野菜だって食べてるさ。ほれ、ラーメンに餅入れてるもの」と誇るものの、その理屈も全然わからない。

夜は、午後八時過ぎに帰宅。夕飯はさすがに妻や娘による調理品を食するが、野菜は極力残し、ひたすら塩分摂取に励む。具体的には醤油。魚も肉も漬物もトマトもサラダも、右も左も全部醤油。しかも大量。咎《とが》めると「なんも梅干し食べれば大丈夫だ」という独自の見解を展開し、その真意を問うと、「梅干しあれさ、身体にいいからさ」と、わからない断言をしたあげく、結局、梅干しなど一個も食べずに食事を終える。

夕食後は速やかに自室でのお菓子摂取に移行。人が来るたびに菓子袋を隠すところをみると、後ろ暗い思いはあるようだが、しかし習慣は改まらない。塩分と糖分で満腹を味わったところでようやく就寝、父と胃腸の長い一日が終わるかと思いきや、実は数時間後にまた目覚める。目覚めて、仕事場で暮らす飼い犬（糖尿・頻尿）をトイレに行かせ、そのついでにアズキアイスを食べる。糖尿の飼い犬から学ぶところはないのか、欠かさずアズキアイス。理由を尋ねると「あれさ、アズキアイス茶色いからさ」という、これまたわからない言葉を残し、今度こそ就寝。翌朝の菓子パンに備えることになる。

と、ことほどさようにわからない父であるが、とりわけわからなかったのが、先日行った血液検査で、「血圧もコレステロールも中性脂肪も血糖値も肝機能も全部正常だって。血液サラッサラだって。医者もびっくり。サラッサラ。たぶん公子よりサラッサラ」と信じがたい報告をもたらしたことであり、おかげで世にいう「健康的食生活」の意味するところもわからなくなり、わからなくなった私の目の前で餡団子を食べ始めた父に「胸焼けしないの?」と尋ねると、「バカにすんでない、生まれてから三回吐いたことあるよ」という、これまたわからない答えが返ってきたことに関しては、もうわかりたくもないのだった。仕方がないので、とりあえず元気で長生きしてくれ、ととってつけたようなことを言って唐突に終わるのだった。さようなら。

もう一言　その父も寄る年波には勝てず、いろいろ不調を訴えつつも、しかし相変わらず血液だけはサラッサラ。部屋から大量の隠しチョコが発見されても、サラッサラ。

あとがきに代えて
――キミコの正体、明かします
[北の酒場でインタビューby編集部]

*ラブラドールの親子四匹が看板犬の、通称〝犬酒場〟で。

北大路　私の話なんて、なんも面白くないよ。

――そうかもしれませんが、読者にとって公子さんは、まだまだどこの馬の骨だかわからない存在ですから。まあとにかく、自己紹介をしてください。まずは、子供時代の話から。

北大路　三～四歳まで全然しゃべらない子で、親が心配して保健所に連れて行ったらしい。でも、ある日突然大人と同じ言葉をしゃべり始めて、全然めんこく（＝かわいく）なかったって。

――小学校時代は？

北大路　ものすごい勢いで外で遊んでました。『アタックNo.1』ごっことか。といってもも家の周りをみんなでグルグル走るだけなんだけど。通知表では「なげやり」って書かれてましたね。今と変わんない。

――初恋は？

北大路　小学校五年のとき、同じクラスの子に。最初に意識したのは……最中《もなか》の箱に入れた宝物の殿様バッタを見せてくれたときですね。

――ほかに小学校時代で印象に残る出来事は？

北大路　……退塾処分になったことかなあ。小学校六年のとき親に塾に入れられたんだけど、内証で休んで本屋で『ドカベン』を一巻から立ち読みしたりしてたのよ。全然行かないから退塾処分になってたらしいんだけど、親が怒って私には知らせてくれなかった。で、そろそろ行かなきゃと思って塾に行くと、「退塾処分者」ってことで廊下に名前が張り出されてた。びっくりした！

その頃から親にはちょくちょく嘘をついてましたね。

――好きなアイドルなんていましたか？

北大路　……いない。芸能界とか全然興味なかったんです。「真理ちゃん自転車」

が欲しいって言って、親に却下されたのは覚えてるけど。

昔から、何かに夢中、とかいう話はないんですよ。だから……つまんないってば、私の話なんて！

――はいはい。でも、そんな公子さんも、中学のときは詩を書いてたんですよね。

北大路　そう。中学って色気づく頃なんだよね。この本の中にも出てくるけど、最近、中学時代の詩が出てきて「妖精になって飛んでいきたい」とか書いてあった。即行シュレッダー買いに行って処分しましたよ。自分で「コイツ殺せ」とか思っちゃった（笑）。

――ほかに中学時代の思い出は？

北大路　三年間、通知表に「努力は苦手です」って書かれてました。自分でも「知ってるよ」と思ったけどね。すぐに飽きるし、コツコツと物事に取り組むことがないし。とにかく、特徴のある子供じゃなかったです。

――とても荒れた中学校だったんですよね。

北大路　後から思えば、ですけど。男子は隣の中学とケンカばっかりしてたし。お父さんの日本刀持ち出してきて公園に集合、とかね。おなかと背中に、新聞で巻いた「少年マガジン」を入れて、戦闘態勢を整えて。シンナー全盛期のときだったので、不良のみなさんはマスクにシンナーをしみ込ませてくるんですよ。そんでマスクが校則で禁止になったら、今度はガーゼにシンナーをしみ込ませて、ゴムをくくりつけて腕に通しておくの。で、先生が来るとそれまで吸っていたガーゼから手を離して、袖の中にパッとしまう……その知恵をほかに回せと（笑）。

――すごいですねえ。高校時代はどうでしたか。

北大路　高校時代といえば……北海道は松山千春が全盛期でね。ちいさま。先輩が靴に「ＣＨＩＨＡＲＵ」って書いてたら、先生に「お前の名前は千春でないべや！」ってすごい怒られてた。

――公子さんって、どうでもいい細かいことをよく覚えてますよね。多分、観察者としての生来の目を持ってるんです。目指せ、平成の『富士日記』、なーんて。あははは。

北大路　笑い過ぎ。

でも高校に入ったら、中学とは全然雰囲気が違って真面目な人が多かったので、ああ、この類の話はしちゃいけないんだな、と思ったことがたくさんありました。それから、本を読む人ってこんなにいるんだと感心したなあ。

――公子さん自身は本を読んでなかったんですか？

北大路　あんまり読んでなかったですね。何しろマンドリン部に命を懸けてたから。マンドリン部なのにギターのパート。あくまでも地味でしょ？

――音楽が好きだったんですか？

北大路　それがそうでもない。一昨年、持ってたCDもすべて投げた（＝捨てた）し。とにかく青春はエンジョイしなきゃいけない、どっかの部に入らなきゃいけないと思って、本当は文芸部に入ろうと思ったんだけど、部室が見つからなくて。たまたまマンドリン部の呼び込みの人につかまって、一応、三年間続けました。生涯で、ひとつのことを続けた一番長い記録だ！　まったく役に立たないけど。

――飲酒はいつ頃から？

北大路　んー、ここだけの話、もちろん未成年でした。何で飲み始めたかって？　わかんにゃい（笑）。先輩の家でコークハイとか何とかフィズとか、そんな類の酒でしたね。

一度ベロベロになって制服のまま家に帰って、気持ち悪くて吐いて、母親に

「明日病院行け」って言われて。「ただの飲み過ぎ」とも言えなくて……まあ、気づいてたかもしれないけど。

――妊娠したと思われたのでは？

北大路　でも、次の日病院に行ったら酒もさすがに抜けていて、「胃腸炎です」と言われた。いや、助かりました。

ところが大学時代はあまり飲まなかったんですよ。お金がないので晩酌もしてなかったし。何してたんだろね、酒も飲まずに。つくづくつまんない人生だなあ。ねえ、お母さん……（と母犬に話しかける）。お母さんだけだよね、いつも私の愚痴を聞いてくれるのは……。

――関西の大学に行かれたんですよね。

北大路　そう。大学時代は常に浮いてました。寮でもあまり先輩の覚えがめでたくなくてね。何かあると疑われるタイプ。まあ実際、真犯人だったりもするんだけど。

土地柄、というか大学の図書館柄、古い文献がそろっていて、古典の研究をする学生が多かったんです。だから同級生とも話が合わない。酔っ払って「万葉人はね、恋死にするんだよ」なんて詰め寄られる。「あんたできる？」とか言われて。「いえ、できません、ほんとごめんなさい」って。

――公子さん自身は何を研究されたんですか。

北大路　宮澤賢治。

――さすがに大学時代は本も読まれたわけですね。

では、そろそろ本格的な読書体験を告白してください。今まで読んだなかで一番感動した本は？

北大路　藤原ていの『流れる星は生きている』。読んだのは確か二十代半ば。人生の一番脂っこい時期ですね。

――二番目は？

北大路　中上健次の『枯木灘』。読んだのは大学時代かな。

――王道ですね。じゃあ三番目は。

北大路　んー、何だろう。わかりません。二冊しか読んでないのかなあ。いや、なんかあるはず。多分、なんか色ものが入るぞ……。

――だから、結局かなり読んでるんですよ。それが一応、血肉になってるわけですね。それでご自身が書くときに、あ、この内容にはこの文体だ、と自在に浮かんでくる。

北大路　私の上を通り過ぎた文体たち？

あ、そうだ、全然関係のない話をしますけど、ついさっきまで隣の座敷で飲んでた女の人いるでしょ？　あれ友達のお母さん。一緒に飲んでた男の人は旦那じゃない。向こうも気づいただろうなあ……ちらちら目が合ったから。不倫駆け落ち婚の過去をもつ人なんだけど……でも、その相手はさっきの連れの人じゃないなあ。

――それで急いで食べて帰っちゃったんですね、地元だし。

ええと、話を戻しますと、そんな生い立ちの公子さんが、なぜライターになったんでしょうか。

北大路　道を歩いてたらスカウトされたの。嘘（笑）。二十代後半の頃、暇で書いて応募した小説が、今はなき「フェミナ賞」（＝学研の女流文学新人賞）に選ばれたんです。もうベッタベタの恋愛小説。大学を卒業して北海道に帰って、しばらく祖母の介護をしてたんだけど、ほかに何もやることがなくて「人生、どうしようかなあ」と思って小説を書いた感じ。

つきあってた人とも別れて実家に戻ってきて、そのドロドロも含めて勢いで小説に書いたら賞をもらっちゃった。地方だから受賞のことが少し話題になって、そのとき知り合った人たちがポツポツ書く仕事を紹介してくれたんです。

――そして現在に至るわけですね。でもライターとはいえ、いわゆる取材をして書く仕事とかはあまりないですよね。

北大路　うん。

――インタビューの仕事とかはやらないんですか。

北大路　だって他人にあんまり興味ないんだもん。てへ。興味ないのにいろいろ聞くのも失礼かと。だから半径五メートル以上歩かなくてもできる仕事ばかり。

でも、そのような日々を素直にブログに書いたら、本にしてくれた寿郎社に、投書があったらしいんですよ。「本当にこの人はこんなことだけで毎日生きてるんですか。ひとつも本当だとは思えないけど本当なんですか、あの本は。私も同じような年代で同じような境遇ですけど、そんなに気楽には生きてないんですけど」って。どうもある種の人々の神経を逆なでするみたい、この覇気のなさが。でも私のせいでないもんねえ。

――また火に油を注ぐようなことを！　がんばればがんばるだけ報われると信じてる人からは、やはり嫉妬の対象になるんですよ。

北大路　ええ？　嫉妬じゃなくて叱責だって。だって私も、何かやった分しか報われてないよ。しょうがないやね、怠けもんだから。だから、いつまで経ってもうだつがあがらないんでちゅ……（と、また犬のお母さんに話しかける）。

＊酔いが回ってきたところで、煙がまう行きつけのジンギスカン屋、通称〝羊酒場〟に場所を移して。

——そんな地方ライターの公子さんが躍進したきっかけは、やっぱりブログですよね。すごい人気で、一年も経《た》たないうちに東京でオフ会が開かれて、全国から五十人ものファンが集まったとか。そのブログは地元の出版社、寿郎社から二冊の本になり、同時に寿郎社のＨＰでもペンネームで連載が始まったと。その頃、日ハムが北海道に来たので北大路公子というペンネームになった。公子の「公」は「ハム」ですね。

北大路　そう。ブログも匿名で書いてたから、本にする場合もペンネームが自然でないべかと。本にまとめてくれた寿郎社の社長が、ものの5秒で名づけてくれました。

だから幸か不幸か、本が出ても家族を含め周りの人は知らなくて、日常生活は全然変わりません。でも「サンデー毎日」の連載のおかげで、今までの本もぼちぼち売れてるみたい……（小声で）。

　こんなふうに生活がまったく変わらずに、以前と同じく意味のないことを書き続けていられるのも、自分では面白いなあと思ってます。まったく変わらずバカなことを延々と書き続けて、最後の瞬間、すべてを忘れて死んでゆく。それが理想ですね。

——そ、そんな崇高な理想があったんですか！

北大路　いやだから、普段あんまりものを考えてないんですよ。ほかの人たちはみんな考えてるのかなあ……。

　最初に日記を書き始めたときからずっと、自分でもものすごくバカみたいなことを書いてると思ってまして。でも、最初はバカバカしいことを書いてた人も、段々バカバカしくなくなってくることがあるでしょ……人生について語り始めたり。その気持ちもよくわかるんですけど、自分は「この人はいついかなるときもバカバカしいことを書いている」と思われたいと思ってます。積極的に思うことはそれぐらいかな……（さらに小声で）。

　世の中の人は皆、いろいろなことがあると思うのよ。悲しかったり嬉しかったり、挫折したり転機があったり。でも、ふと思い出したときに私の書いてるものを読んで、相変わらずバカバカしいことを書いてると思ったら、少しは安心してもらえるんじゃないかと。だから変わらずバカバカしいことを書いていこうと思います。あとは何も考えていません。

——ほー。今日初めて、意味のあるお話を伺いました。

北大路 だから毎週毎週、あんな意味のないことを書いてるんだよ！　でも、こんな書き方があらゆる場で通用するとは思っていないので、ちょっとドキドキはしてます。まあ、だからといって変える気はないんだけど……。

ところでこの肉、うまいからいくらでも食べられるよね。カロリー低めの羊肉とはいえ、また体脂肪が……。

——せっかく真面目な話をしていたのに、話題を変えないでください。それでは最後の質問です。生まれ変わったら何になりたいですか？

北大路 山師！　あ、将棋指しもかっこいいよね。でもやっぱり職人かなあ。

——だって公子さん、文章の職人ですもんね。

北大路 ええ？　そう？

——だからもう職人なんですよ。

北大路　じゃあもう夢がかなってるんだ。あんまりそうとは思えないけど……。でも、それならずーっとこのポジションで、バカバカしいことを書いていこう。あ、ポジションって言っても間違えないでね。私は誰も狙ってないし、目標にしてないし。

――でも誰かが公子さんのポジションを狙ってるかもしれませんよ。

北大路　ええ？　誰も狙ってないっしょ。こんな末席を汚すポジション。

――どうだろう。

北大路　ないって。あの……どうでもいいけど、あなたもうお肉食べるのやめたら？　カロリー低めの羊肉とはいえ、体脂肪が……。

――公子さんだけには言われたくありません！

あとがきという名の思い出話

「サンデー毎日」から最初にエッセイ連載の打診があった時、私は入院直前だった。本の中にも出てくるけれど、十日ほど入院して手術して回復して退院して、退院後は静養という名の怠け者生活を満喫する予定だった。まあ医者はそれほど静養の必要はないとは言っていたが、私には私の事情、というか性格というものがある。それで入院の前々日、静養生活まで見越した準備（新しいゲームとか）をしている時に電話が鳴ったのだ。

電話の相手は、しかし毎日新聞社の人ではなかった。地元出版社の社長である友人が「俺のところに問い合わせがあったんだけど」と連絡してくれたのだ。「週刊誌の連載だって」。と聞いて即座に断ろうと思った。私の数少ない長所の一つは「おのれを知っている」ということであり、その長所がものすごい勢いで警報を鳴らしていたからだ。

とてもじゃないがあんたは毎週きちんと原稿を書ける人間ではない。なんという冷静さ。まったくもってそのとおりではないか。さすが私だ。私をよく知っている。そこでその旨を友人に告げたところ、彼は「まあ今すぐ返事をする必要はないから、あんたは何の心配もしないで、まずは入院しなさい。その間にゆっくり考えるといいよ」と優しい言葉をかけてくれたのだった。

ああ、ありがとう。やはり持つべきものは友だ。だてにしょっちゅう二人で泥酔して転んだりしているわけではなかった。私もとりあえず考えるふりだけはしてみるよ。あといつもハゲとか言ってごめん。もう言わない。と、感謝の気持ちいっぱいで入院して手術して回復して退院してきたらあんた、断るどころか、友人と編集部が相談して連載開始日まで決まっていた。何してんのよ、ハゲ。いや、ほんと驚いた。それまで、姉が勝手に写真をジャニーズ事務所に送って知らないうちにデビューが決まってたんすよアハハハハ、とか言っている芸能人は絶対信用できないと思っていたが、あれは本当にあるかもしれない。というか喩《たと》えがちょっとズレてるかもしれない。が、とにかく縫ったばかりの傷口が開くかと思いましたですよ、驚いて。

そのようにして始まった連載（私には「周りに逆らわない」という長所もある）

は、予想以上に多くのことを教えてくれた。なにより、自分でもビックリするほど原稿が遅かった。まあ常日頃から早くはないなあとは思っていたが、さすがにここまでとは思わなかった。その遅れっぷりを知った別の出版社の人に「それはさすがに遅すぎですよ」と真顔で言われちゃうくらい遅かった。本当に申し訳なかったと思う。

中には「遅いといっても実際は一度も休まずに掲載されてるじゃないですか」と励ましてくれる人もいたが、しかしその人も「でもここだけの話、どうしても間に合わない時は、担当編集者の人が代わりに書いてくれてるんですよ」と私が言うと、驚きながらも、「あ、わかった！　あの回でしょ！」と具体的に納得し、私の責任感と文章力についての客観的評価を突きつけてくれたりしたものだった。勉強になった。

連載はありがたいことに二冊の本になった。その一冊目が『生きていてもいいかしら日記』である。タイトルをつけてくれたのは、文中にも登場する毎日新聞社の編集者Mさんで、彼女は、「今度こそ間に合わないんじゃないでしょうか」「もう少しなにかこう社会のためになるようなことを書いた方がいいでしょうか」「前回は私が書いたから、今回はMさんが書く番じゃないでしょうか」と毎週のようにグズグズ言う私を、時には力強く励まし、時には明るく笑い飛ばし、また時にはあっさり無視しつつ、連載を支え、書籍化に際してはテキパキとタイトルを決め、さらにはコピーまで考えてくれたのだ。そのコピーがこれである。「いいとこなしのキミコが送る、超地味なのに、なぜか笑える日常」。

二年近くの間、彼女が一体どのような目で私という人間を見つめていたかということが図らずも明らかになったという意味で、実に貴重な人生勉強の瞬間であった。うむ。そうか、いいとこないか私。そんなにか。

あれから四年。世の中というのは本当にわからないもので、書店の闘病記コーナーにうっかり並んだりしていた本書が、このたびＰＨＰ研究所で文庫にしていただけることとなった。

ＰＨＰ研究所からの連絡を最初に受けたのも私ではなくＭさんであり、その時のＭさんはいつぞやの友人のような頼もしさで、「私がきちんと公子さんのメールアドレスを先方にお伝えしておきました！」と言ってくれた。ああ、ありがとう。持つべきものはまっとうな社会人の知り合い。だてに二人で泥酔して道に迷ったりしているわけでは……と感激したのもつかの間、以降まったく音沙汰がない。数週間が経ち、あれは夢だったのだろうか、それともまた姉が勝手にジャニーズに写真を送っているのだろうかと不安に思い始めた矢先、唐突にMさんは告白したのだった。「私、嘘のアドレスを教えていた模様です！」。人のいいとこなしを指摘している場合だったのか。

というような紆余《うよ》曲折《きよくせつ》と、多くの人の手を経て、この本が書店に並ぶこととなった。最初のエッセイを書いてから六年が経っている。その間、世の中では様々なことが起こり、また私生活でもいくつかの変化があったが、読み返してみると私自身は恐ろしいほど変わっていない。以前、知り合いに「文章を読んでいただけの時は、こんなにダラダラした大人がいるわけない、これはお話なんだと思ってたけど、実際会ったら想像以上にダラダラしていて驚いた」と言われたことがあった。今もそんな感じである。

このあとがきのようなもののシメキリもだいぶ過ぎてしまった。今になって「あのー、あとがきって何を書いたらいいですかねー」と尋ねた私に、かつてMさんから嘘のアドレスを教えられ、「あの時は何が起こっているのかよくわからなかった……」と遠い目をして語っていた担当編集者の横田さんは、今や別人のようなきっぱりした口調で「編集者へのお詫びの気持ちとか、編集者への感謝の気持ちとか、どうぞ自由に書き綴《つづ》りください」と答えた。もしかすると怒っているのだろうか。思えば彼が最初に私にコンタクトをとった理由というのも、本当は小説の依頼だったのだが（わざわざ札幌まで来てくれた）、それも例によって猛烈にグズグズしている。怒っているのかなあ。怒ってるんだろうなあ。怖くて確かめられないけど。

いずれにせよ、入院前の一本の電話から始まった細い縁が、六年の時を経て思いがけない場所に私を連れてきてくれたのは、本当に幸運なことであり、幸福なことだった。

この本に関わってくださったすべての皆さんに感謝します。ありがとうございました。

解　説――疑惑と告白

恩田　陸

私、知らなかったんです。お姉様の名前。「あんたにお姉様呼ばわりされる覚えはねえよ」と思ったかもしれないけど、ほら、北海道って地図で見ると東北より上でしょう。だから。

毎週楽しく「サンデー毎日」読んでたんです。「泥酔メールの謎」を読んだ時はもう、「この人に一生ついていこう」と決めました。声に出して笑える日本語。最近ですと、内田樹《たつる》先生の『うほほいシネマクラブ』でしょうか。お正月に炬燵《こたつ》で笑っていたら、隣にいた母と義姉がとても気味悪そうに私を見たんです。ちなみに二七五ページのタルコフスキーのところでした。

けれど、しばらくお姉様の連載を読んでいるうちに、だんだん疑惑が膨《ふく》らんできました。今にして思えば『マカロニほうれん荘』が出てきた頃から、いや本当はもっと前から薄々感じていたのかもしれません。

もしかして――もしかして、お姉様と私はタメ年ではなかろうか。百歩譲っても（誰に譲るのか分かりませんが）プラマイ一歳の圏内に違いない、と。

それだけではありません。更に重大な疑惑が湧いてきたのです。

有名な話があります。

アメリカで、全国消防士大会みたいなのがあるそうです。きっと力自慢の、いつも三百グラムの肉を食べているおじさんがいっぱいいるのでしょうね。先日、どうしてもトンカツが食べたくなって、食べる気まんまんで「デラックスヒレカツ定食」を頼もうとしたら、店員が首を振るんです。「お客様、これね、二百グラムあるんです。悪いことは言わないから普通のヒレカツ定食にしときなさい」確かに普通のでいっぱいいっぱいでした。

その大会で、とある男性（ジムとしましょう）が、どこかの地区の消防士に話しかけられます。「ヘイ、ジム、こいつはびっくり仰天だなあ、俺んとこの地区にお前そっくりの奴がいるぜ」ジムは自分に似ているという男性（ボブとしましょう）に引き合わされます。ジムとボブは鏡に映ったかのような互いの姿に驚愕。二人は同じ店で同じ服を買い、同じビールの銘柄を愛し、同じチームを応援し、何より数ある職業の中から消防士を選んでいたのでした。そうです、二人は別々に里子に出された一卵性双生児だったのです。人の性格や嗜好《しこう》を決めるのは遺伝子なのか育ちなのか？　喧々諤々《けんけんがくがく》の議論になって、実際に一卵性双生児を別々に分けて育てる実験もしたらしいです。ヒドイ。

また、こんな話もあります。

世界には、自分とそっくりの人間が三人はいるんだそうです。モロッコでは四十人いるというようですが、一クラスというのは多すぎる気もします。モロッコに行った時、ガイドさんがみんなジロジロ見るので、何かと思ったら、モロッコの有名なコメディ女優が私そっくりなんだそうで、なるほど、私の「目立ちたい」部分と「笑える」部分はそっちに行っているのかと納得した次第です。

この疑惑を裏付けるのは、お姉様のキュートなご両親の態度です。お姉様は楽しく書いていらっしゃいますが、私には、どうもお姉様自身も私と同じ疑惑を抱いているのではないかと推察せずにはいられないのです。

それは、ここで口に出すのははばかられますが――出してるけど――もしかして、お姉様にはどこかに生き別れた双子のきょうだいがいるのではないでしょうか。その二人は、別々に引き取られて、育って物書きという商売を選び、ひたすらビールを飲み、寒さに耐えるために体脂肪を増やしているのではありますまいか。

私がその決定的な証拠をつかんだと思ったのは、この本の続編、『頭の中身が漏れ出る日々』の単行本の中の、お姉様が加筆したとある箇所でした。

お姉様のお父様には時折「ケンコちゃん」という乙女な人格が出現しますが、お父様がある日お姉様に向かってついに叫んでしまったのです。

「父ちゃんはあんたみたいなエッチな大人には絶対ならないからね！」

どうです、これは何かの告白ではないでしょうか。よんどころない事情で里子に出された我々二人は（あわわ）津軽海峡を隔《へだ》てて引き離されたのです。もしかして、お姉様は、そのもう一人に向け、いつかそのもう一人が読むことを祈ってこのエッセイを「サンデー毎日」に連載することを決心なさったのではないでしょうか。

ならば、その思い、しかと受け止めました！

任せなさい、佐藤浩市は！

ＣＭは別の人になっちゃいましたが、お姉様はまだキリン一番搾りですか？　私はキリンクラシックラガー派です。キリンクラシックラガーを置いてるコンビニは少ないです。昨日買いに行ったら、レジのソフトが替わっていて学生バイトの女の子に「そこを押してください」と言われました。

「これは年齢制限のある商品です。お客様は二十歳以上ですか？」

私は画面の中のＯＫボタンを前に迷ったのです。

さすが、彼女は鋭い。「この人は、見た目はオバサンだが、実は十七歳なのではないか」そう思ったからこそ、私にこのボタンを示したのでしょう。その通りなんですよ。でも、ビールが呑みたいから押しちゃったけど。


（作家）

本書は、二〇〇八年一月に毎日新聞社より刊行された作品に、
微妙に加筆・修正し、文庫化したものです。

著者紹介

北大路公子（きたおおじ　きみこ）

北海道生まれ。大学卒業後、フリーライターに。新聞の書評欄や文芸誌などに寄稿。著書に『枕もとに靴――ああ無情の泥酔日記』『最後のおでん――続・ああ無情の泥酔日記』（ともに寿郎社）、『頭の中身が漏れ出る日々』（毎日新聞社）などがある。

PHP文芸文庫　生きていてもいいかしら日記

2012年6月1日　第1版第1刷
2012年12月10日　第1版第3刷

著　者　北大路公子
発行者　小林成彦
発行所　株式会社PHP研究所
東京本部　〒102-8331　千代田区一番町21
文芸書籍課　☎03-3239-6251（編集）
普及一部　☎03-3239-6233（販売）
京都本部　〒601-8411　京都市南区西九条北ノ内町11
PHP INTERFACE　http://www.php.co.jp/
組　版　朝日メディアインターナショナル株式会社
印刷所　共同印刷株式会社
製本所　株式会社大進堂

ISBN978-4-569-67840-5